新潮文庫

遮　光

中村文則著

目次

遮光

一挙に私は人間の外観を失った。彼らは、非常に人間的なこの部屋から、後ずさりして逃げて行った一匹の蟹《かに》を見たのだ。

J－P・サルトル　『嘔吐《おうと》』

遮光

1

カーテンを閉め、机の引き出しから瓶を取り出した。黒いビニール製の袋で覆《おお》われているのは、日光を避けるためだった。私は一日に一度このように瓶を取り出し、中身を確認した。深い意味はないが、何というか、これは私の習慣だった。今日も変化はなかった。変化などするはずはないのだが、私は満足し、瓶を専用のバッグに入れた。片手で持てるほどの大きさのそれは、簡単に収まり、かさばることがなかった。人に見られるわけにはいかなかったので、持ち歩くには注意が必要だった。私はもう一度バッグを開き、瓶が黒い袋で覆われているのを確認した。

部屋を出て、約束通りに喫茶店へ向かった。タクシーに向かって右手を挙げ、煙草《たばこ》に火を点《つ》け歩いた。それからタクシーなど見てはいなかったが、それはまるで普通に客を乗せるように、私の前に停車してドアを開けた。少し面食らったが、自分が手を挙げたのだから、この状況は仕方なかった。そのまま車に乗り込み、大まかな行き先を告げた。運転手は私の言葉を聞くと、バックミラー越しにこちらを見、本当にそこでいいのかと、しつこく念を押した。それは多分、目的地が酷《ひど》く近いためだった。私はそれでいいのだと、何度も言わなければならなかった。運転手は何かを呟《つぶや》いたが、諦《あきら》めたのか、やがてアクセルを踏んだ。

運転手は不機嫌な態度を変えようとしなかった。私は喫茶店の近くに病院があったのを思い出し、「子供が生まれそうなのです」と言った。運転手は一瞬私を見たが、しかし彼の態度は変わることはなかった。私はそれから、早産であることや、心の準備ができていないことを、にこやかに話した。しかし運転手は、まるで汚いものでも見るように、私の顔を見ていた。

タクシーは止まり、料金を支払った。私が車から降りた後も、彼は中々発進しようとしなかった。彼は始終、私を訝《いぶか》しそうに眺め、その行き先を見届けているようだった。私は右手の病院を一瞬見たが、そのまま目的の喫茶店に入った。

＊

店に入ると、待っていた郁美《いくみ》が何か文句を言った。私はそれを聞き取ることができなかったので、多分かなり遅れたためだろうと判断した。私は実家から突然の連絡があったことや、人に道を教えていたことなどを彼女に言ったが、納得してはくれなかった。それからも色々と理由を言ったが、彼女は不機嫌のまま、私の顔を見続けていた。しかし、何か特別に言いたいことがあるような、そんな様子でもあった。彼女は不満を表情に残したまま、自分が襲われそうになったことや、その相手のことなどを、私に説明した。

「ねえ、だから聞いてるの？　ほんとさ、怖かったんだから。私に前から言い寄ってた奴《やつ》だよ。前に言ったことあったよね。同じバイトの気持ち悪い奴なんだけど」

近くに来たウエイトレスに、私はコーヒーを注文した。ウエイトレスがケーキも勧めたので、それも反射的に頼んだ。その間中、私は右手で瓶をバッグ越しに撫《な》でたり、摑《つか》んだりしていた。ウエイトレスが消えた後も続けたが、特別に瓶を触りたかったわけではなかった。何というか、それもやはり、私の習慣のようなものだった。

「ずっと後つけてきてさ。一緒に帰ろうとかうるさいから、冷たくしてやったのよ。そしたら、急にキレたんだよ。びっくりしたよ。マジやばかったんだから。ボールペンあるでしょ？　ボールペン。それをここよ、ここ。首に突きつけてくるの。そんで顔近づけてきて、キスしようとするの。夜だし誰もいなくってさ、まあ、キスくらいさせてやろうかとも思ったんだけど、やっぱりむかついて、そいつの唇噛《か》んでやったのよ。そしたらぼおっとしてたよ。唇から血出してさ。あの顔気持ち悪かったなあ」

　郁美はどうやら少し酔っているようだった。彼女は興奮したように話していたが、あまりその話を聞く気になれなかった。私は隣のテーブルを眺めた。そこでは一人の女が声を上げて泣き、周囲の人間が言葉をかけていた。泣いている女は丸く太り、奇妙なハムのようだった。周囲の人間は皆一様に、辛抱強く、泣いている女を慰めていた。私はそれらを訝しげに眺めたが、それはさっきの、あの運転手の表情を真《ま》似《ね》たものだった。私は自分の吸っていた煙草を、そのテーブルに向かって投げた。煙草は火が点いたままだったが、私はなぜか、灰だけは奇麗に落としていた。投げた後で、別にそんなことはしたくなかったのに、と思った。が、それはもう起こったことであり、どうしようもなかった。郁美はどうやら、私の行動に気がついていないようだった。煙草は誰にも当たることなく、椅子《いす》の上にあった鞄《かばん》の中に入った。その口の開いた鞄は多分、彼らの持ち物だった。私は満足したような気分になり、状況を見守った。

「そしたらさあ、そいつ急に泣き出すのよ、しかも声出して。そんで擦り寄ってくるのよ。こんなつもりじゃなかったって、こうしたかっただけだって繰り返して、胸に顔埋めてくるのよ。やばいでしょう？　私怖くって、抵抗するのも忘れちゃったんだから。しくしく泣いてるから服汚れるしさあ、嫌な感触まだあるしさあ、最悪だったんだから」

郁美はそう言うと、私の顔を覗《のぞ》き込むように見た。そして、聞いているのかと、しつこく繰り返した。私は聞いていると答えた。

「そりゃあすげえな。貴重な体験だよ」私のその声は、辺りの人間が数人振り返るほど、大きなものだった。私はまた思い出したように瓶を撫でた。今度はバッグの中に手を入れて撫でた。瓶は生暖かく、少し気分が悪くなったが、すぐに抑えた。

郁美はさっきからの私の態度を、少し不満に思っているように見えた。

「貴重じゃないよ、何言ってるの？　私が突き飛ばすまでそうしてたんだから。彼氏に言ったら何でか知らないけど怒られるしさ。そんな服着てるから襲われるんだ、なんて言うんだよ」

「まあ、そうかもなあ。やらしてやればよかったのに」

「何言ってるのよ、むかつくんだけど」

近くでガラスの割れる音が聞こえ、酷く驚いた。割れたのは遠くのテーブルから落ちたグラスだったが、自分の瓶が割れたような、そんな錯覚を覚えた。少し動悸《どうき》が速くなったが、すぐに治まった。隣のテーブルから女の悲鳴が聞こえ、私はそちらに目をやった。必ず女の悲鳴が上がるだろうと思っていたので、聞いた時、いい気分になった。鞄の中から細い煙が上がり、体の細い女が中身を床の上に出そうとしていた。女は、このマルボロは誰のかと、周囲の人間に声を出していた。女の慌《あわ》てている様子が、よくある感じでよかった。特別に笑いたくはなかったが、声を出して笑おうと思った。私はあまり笑うことはないが、一度笑い始めれば、次第に心から笑うことができた。が、遠くのテーブルにいた若い男が、私のことをしきりに見ているのに気がついた。もしかしたら、彼はさっき私が煙草を投げたところを、その場所からじっと見ていたのかもしれない。が、それは別に、どうだっていいことだった。私は彼のことをわざと一瞬見て、それから、さもおかしそうに笑った。彼は尚《なお》も、私のことを見続けていた。「隣の鞄、燃えてるよ」私が言うと、郁美も少し笑った。私はそれからすぐに笑うのをやめた。というより、最初から、別に楽しいわけではなかった。

「そう言えばさあ、美紀は？　あの子今、何してるんだっけ？」

「何が？」

「だから、美紀よ。あの子、まだ帰ってきてないの？」

私はなぜ彼女が突然美紀のことを聞くのか、少し疑問だった。私は煙草に火を点け、煙の行き先を目で追った。

「ああ、まだ留学してるよ。もう少しかかるみたいだ」

「ふうん。まだ終わってないんだ。アメリカのどこにいるんだっけ？」

「シアトルだよ。ほら、マリナーズの。球場にもよく行くみたいだよ。あいつミーハーだからなあ」

そう言うと、郁美は美紀の電話番号を私に聞いた。今わからないと言うと、彼女は暗記くらいしてなよあんた彼氏でしょうと言って笑った。郁美の金色の髪に、蛍光灯の光が反射して白い筋を見せた。私は何かを言おうとしたが、言う言葉を途中で忘れてしまった。郁美は、携帯電話の画面を眺め始めた。

「私さあ、言ったことあったっけ？　美紀のこと、あんまり好きじゃないんだよね」

「何で？」私は大袈裟《おおげさ》にそう言った。

「何かさあ、合わないところがあるんだよ。私と同じ仕事してたのに、スレてないっていうか、普通っていうか、まあ本人に悪気はないんだろうけど」

郁美はまだ携帯電話の画面を眺めていた。私は大袈裟に驚いたようにしたが、考えてみれば、以前にも似たようなことを郁美の口から聞いたことがあった。

「ほら、デリバリーって言ったって、ヘルスはヘルスでしょう？　どうしてあの子がこんなことしてるのよって、よく思ったなあ。まあ、普通の子も多いんだけど、美紀って何か違うじゃん？　子供っていうか、馬鹿《ばか》っていうか。まあ、私ももう辞めたけど、美紀も辞めて正解だったよ。ストレス溜《た》まるからねえ、あれは」

「ストレス？　まあそうだろうなあ」

「そうだよ、あんたもやってみれば？　おばちゃん相手のやつとかあるんだよ」

郁美はそう言うと笑い、残っていたカクテルを飲んだ。私はその時、初めて郁美が酒を飲んでいたことに気がついた。隣のテーブルには、もう誰もいなくなっていた。店の中は、帰る客が目立った。

「どうして美紀と付き合うようになったの？　電話したんだっけ？」

「そうだよ、電話したんだ。上手《うま》かったからね、付き合うことにしたんだ」

私がそう言うと、郁美は笑った。

「ほんとに？　そんなんで付き合うことになったの？」

「だって上手くてかわいかったら、他に何がいるんだよ。あいつは上手かったな。子供みたいな顔してるのに」

郁美はまた笑った。こう言えば、郁美はまた笑うだろうと思っていた。

「あんたって何ていうのかなあ。まあいいや。でも、私の方が多分上手いよ。今度試そうか？」

郁美はしばらくの間笑い続けた。私は煙草の火を消し、店を出ようと思ったが、彼女が笑い終わるまで待たなければならなかった。

外に出ると、激しい雨が降っていた。郁美はこれからバイトなのに最悪だと言い、なぜか私に対しても文句を続けた。さっきのタクシーを目で探したが、当然のことながら、どこを見てもその姿はなかった。私は残念な気持ちになった。雨が降っていれば、それが理由となり、彼も私を気持ちよく乗せることができたはずだった。郁美は傘を買って来て欲しいと言い、向かいのコンビニエンスストアを指で差した。私のバッグを手に持ち、早く走って行ってと急《せ》かした。少し不安だったが、バッグを残し、そのまま走った。辿《たど》り着いた時に振り返ったが、そこには私のバッグを手に持ちながら苛々《いらいら》している郁美の姿があった。バッグにはあの瓶が入っている。その光景が何とも言えず、おかしかった。少しいい気分で傘を二つ買い、また郁美とバッグの元に走った。

2

人の笑う声で目を覚ました。夢を見ていたのかと思ったが、その声は実際に私の部屋の中から聞こえていた。健治と恵美がテレビを見ながら笑っているのが目に入った。うんざりして寝返りをうったが、その時にカーテンの隙間《すきま》から漏れた太陽の光を見てしまった。私の目には、そのために緑の残像が残った。残像は緑から黒になり、視線を動かす度にゆらゆら左右に揺れた。私はそれが不快でならなかった。目を閉じたが、いつまでも目の上に留まり続け、消えることがなかった。私はそうやって残像に気を取られていたが、はっと気がつき、それと同時に心臓の鼓動が激しくなり、両腕の感覚が痺《しび》れたように弱くなっていくのを感じた。瓶を目で探し、どこに置いたか、記憶を懸命に辿った。私はあれを、彼らに見られたくなかった。

というより、見られるわけにはいかなかった。私は平静を装《よそお》いながら辺りを見、瓶の在りかを探した。そして、部屋に鍵《かぎ》を掛けていなかったのを酷《ひど》く後悔した。

「お前、最近全然来ないから、シンジさん寂しがってたぞ。サキちゃんとか。何かお前、付き合い悪くなったよな。引き籠《こ》もりみたいだぞ、マジで。ほら、シンジさん外国行ってたからさ、色んな酒、揃《そろ》えたらしいし、絶対に来いよ。まあ、この前みたいに変な女とかいなきゃいいけど」

　健治は返事を求めるようにこちらを見たが、それどころではなく、私は曖昧《あいまい》に言葉を出した。昨日、私はあれをバッグから出し、テーブルの上に置いた。そして疲労を感じ、ベッドの上で横になった。記憶がそこで途切れているということは、そのまま眠ったということであり、そうであるなら、瓶はテーブルの上にあるはずだった。が、瓶はなかった。テーブルの上にあるのは彼らが買ってきた菓子やジュース、煙草、色のついた携帯電話だけだった。

「あの時の女、でも酷かったよなあ。呼んでもねえのに勝手に来てさ、院生なんて絶対嘘《うそ》だよ。三十近いくせにあんな服着てな。べろべろに酔ってお前に擦り寄ってたよな。ずっとお前の横にいたから、俺、美紀ちゃんのこと考えて一人で冷や冷やしてたんだよ。まあ、お前がずっと無視してたからよかったけどさ」健治はそう言い、また一人で笑った。

「あんな女、手なんて出すかよ」私は少し考えて、そう言うことにした。

「まあそうだけどさあ。あ、そうそう、お前、あの女の髪摑《つか》んで引き倒したってほんとかよ。シンジさん言ってたぞ。お前がテーブルの上に引き倒したって。蹴《け》ったとかとも言ってたなあ。俺はもう泥酔《でいすい》して眠ってたから見てないんだけど、シンジさんは全部見てて爆笑だったって。何かむかつくことでも言われたのか？　そんなにしつこかったとか」

　健治の言葉に恵美が反応し、それは本当かと私に聞いた。恵美はなぜか私を非難するように、比較的真剣な表情を浮かべていた。私は、彼女がなぜそんなことを気にするのか、少し疑問だった。そしてそもそも、今はそれどころではなかった。彼らには、少しの間黙ってもらいたかった。視界の端にキッチンが映り、あの瓶が黒い袋に入ったまま、他のコップや造花などと共に置かれているのに気がついた。私は不安になった。彼らがあの場所に置いたことは、間違いなかった。あれの中身を見ただろうか。いや、見ていたなら、こんなにも平静でいるはずがなかった。しかし、中身を見た後でわざと平静を装っている、という可能性もあった。私はわからなくなった。殆《ほとん》ど発作的に彼らを殴り倒したいような、そんな気分にもなった。が、その前に、健治の質問に答えなければならなかった。

「違うよ。あの女が勝手に倒れたんだよ。あいつ、むちゃくちゃ飲んでたからさ」

「ふうん、でも、シンジさんはそう言ってたけどなあ。お前が散々蹴ってたって。まあいいや、で、今日は来るだろ？　久し振りだし」

「何が？」

「だから、何回言えばいいんだよ。シンジさんのとこ」

「ああ、今日はやめとくよ。風邪なんだ」

「誰が？　お前？」

「うん。何かね、昨日から調子悪いんだ」

そう言うと、健治はお前はいつもタイミングが悪いと言った。恵美が薬は必要かと聞いたので、いらないと答えた。恵美は早めに飲んだ方がいいのにと言い、その後も何やらしつこかった。私は彼らの平静さにたまらなくなり、「テーブルの上、片付けたのか」と聞いた。言った後すぐ後悔したが、しかし今の私にはそう聞くことしかできなかった。反応を見るためその表情をじっと見たが、彼らが平静さを崩すことはなかった。健治は不思議そうな表情で私のことを見続けていた。

「ああ、悪かったか？　何か色んなもん置き過ぎだよ。変な袋とか、汚ねえ皿とか。面倒だったから全部台所に持ってってったよ。それがどうかしたのか？」

「いや、黒い袋も置いたか？」私はそう言い、もう一度、彼らの表情を見た。

「あの変な袋か？　台所に置いたよ。悪かったか？　別に大事そうなもんには見えなかったからさ。適当に置いちゃったんだけど」

「そうか、いや、大したもんじゃないから、別にいいよ」

　私は健治のあまりにも普通の反応に安堵《あんど》し、納得することにした。彼らに少しも動揺する素振りはなく、いつもと少しの違いもなかった。考えてみれば、あれを見たのなら、多分自分達が部屋に来た痕跡《こんせき》を残さずに、私が眠っているうちに、部屋から出ていったはずだった。私は妙な緊張感から解放されたせいか、それから、酷く気分がよくなった。

「そう言えばね」と私は言った。「昨日、俺、殺されそうになったよ」

「はあ？」

「後ついてきた奴《やつ》がいてさ。誰だか知らねえけど。夜だったからさ、誰もいなくて助けも呼べねえし、マジやばかったよ」

「でも、何でだよ。何でお前がそんな目に遭うんだ？」健治はそう言い、本当に驚いたような表情をしていた。

「知らないよ。俺が聞きたいくらいだよ。ボールペンあるだろ？　ボールペン。それをここだよ、ここ。首に突きつけてくるんだよ。びびったなあ。俺が突き飛ばしたら逃げてったけどな」

「変な奴だなあ。何だそれ？　変態か？」

「わかんねえ。でも変態だな、きっと。恵美も気をつけた方がいいよ。変態なんてそこら中にいるからな。変態ばっかだと思ってもいいくらいだ」

恵美が私の言葉に対して何かを言ったが、よく聞いていなかった。私は自分の風邪を思い出し、二、三度咳《せき》をした。健治は私から顔を背け、「うつすなよ」と迷惑そうに言った。その時、少しいい気分になった。うつすなよという言葉の当然さが、何とも言えず、よかった。私はそれから、咳を数回繰り返した。

「美紀ちゃん、元気？」と健治が言った。

「何が？」

「だから、美紀ちゃんだよ。シアトルにいるんだよな。いつ戻るの？」

「ああ、あいつはまだ帰って来ないよ。もう少しかかると思う」

私はそう言い、消えかかっていた煙草《たばこ》にもう一度火を点《つ》けた。

「シアトルってどこにあるんだっけ？」携帯電話を眺めていた恵美が、突然私にそう言った。

「海岸沿いだよ。太平洋の。奇麗なところらしいな。美紀からの絵葉書を見る限りでは」

「何を勉強してるんだっけ？」

「基本的には英語に慣れるために行ったんだけど、メディアの何かだったと思うよ。映像研究っていうか、よくわかんないけど、そういう専門的なやつらしい」

私がそう答えると、恵美はいいなあと言ったが話をやめてしまった。私は煙草の火を消し、咳をしながらベッドの上に横になった。が、やはり瓶のことが気になり、このまま眠るわけにはいかないと思った。私は彼らが帰るまで、それから、数分置きに咳を繰り返した。

＊

彼らが帰ったのを確認した後、ドアの鍵を掛け、瓶を手に持った。袋の口はしっかりと紐《ひも》で縛られ、誰かに解《と》かれた跡もなかった。紐を解いて瓶を取り出し、しばらく眺めた。眺めている時殆ど何も考えてはいなかったが、人がよく愛着のある物に対してそうするように、敢《あ》えてキスをした。そうしたのは一秒かそこらだったが、唇には生暖かい感触が残り、いつまでも消えることがなかった。私は、自分の意識の隅に感じた微《かす》かな不快感を、隠すことができなかった。自分はまだこれに慣れていないのではないか。不意にそう思ったが、すぐにその考えを捨てた。これはもう、私にはなくてはならないものであり、私の中心であり、私の未来だった。袋に入れ直し、引き出しにしまった。

汗で濡《ぬ》れた服を脱ぎ、シャワーを浴びた。冷蔵庫からビールを取り出し、そのまま飲んだ。消防車のサイレンがうるさく、何か音楽をかけようと思った。早くしてくれという大きな声と、サイレンの音が突然に止《や》んだことで、それが近くに止まったことを知った。髪の毛を乾かし、簡単に身仕度をして外に出た。別に外に出る必要はなかったが、消防車が目的とした炎を見る、という考えを浮かべていた。別に見なくてもいいのだが、他の大勢の人間がそうするように、私も野次馬の中の一人になりたいと思った。そしてその時、燃えているのがこのアパートだったら、もっといい気分でそれを体験するだろう、という考えが浮かんだ。

燃えていたのは、アパートから二十メートルほど離れた、小さな飲食店だった。看板に古びた文字が書かれていたこと以外、その店について何も知らなかった。店は所々が黒く変色し、中から黒い煙が噴き出ていたが、もう鎮火したようだった。大きな建物が炎に包まれている場面を想像していたので、この状況は味気なく、つまらない気分になった。私は店を見ていた野次馬の一人に「原因は何ですか」と聞いた。ここに来るまでの間、現場についたらまず始めにそう言うことを決めていた。話しかけられた男は、真剣な顔で油に引火したんだと言った。そして、でも保険に入っていたみたいだから、むしろこれでよかったんじゃないかと彼の意見を言った。

私はそこをあとにし、自動販売機で缶のコーヒーを買った。踏切を渡り、コンビニエンスストアの横を抜け、細い通りに出た。赤ん坊の泣き声を聞き、反射的に一瞬立ち止まった。が、しばらくしてそれが猫の鳴き声であるのを知った。私はその猫と視線を合わせながら、その場に屈《かが》み、手を大きく二回打った。数日前、体の細い老人が、同じく猫に対してそうしていたのを覚えていた。猫はあの時、何かの手品のように、老人に向かって歩いた。期待したが、猫は訝《いぶか》しげに私を見ているだけだった。その時、発狂者には動物は近づかないと、何かの本で読んだことを思い出した。私はその自分の考えを滑稽《こっけい》に感じ、笑おうと思った。

買ったコーヒーの蓋《ふた》を開け、飲みながら歩くことにした。不意に瓶を置いてきたことに気づいたが、今更仕方がないことだと思った。携帯電話が鳴り、相手は同じゼミの女だった。何をしているのかと聞かれたので、バイトの帰り道だと答えた。彼女は私が最近大学に行っていないことに不満をもっているようだった。私はバイトが忙しいのだと言い、でも明日は必ず行くと約束した。私はそれから、必要のないことまで長々と話した。話が滑稽だったのか、彼女はよく笑った。

アパートに戻り、自分の部屋のドアを開けた。靴の紐を解いている時、芳香剤の匂《にお》いと共に、何かが腐る臭《にお》いがしたような、そんな気がした。私は最近この臭いをよく感じるが、それが実際の臭いでないことはよくわかっていた。ＦＭ放送からは、ビートルズの曲が連続して流れていた。煙草を吸いながら聞き、美紀のことを思い浮かべていた。美紀はビートルズが酷く好きだったが、ベスト盤しか持っていなかった。ジョン・レノンのファンだったが、よく聞いていた曲はポール・マッカートニーが歌う『レット・イット・ビー』だった。美紀が死んだ時、私はそのベスト盤を探したが見つからなかった。私は美紀と住んでいたので、そのCDはこの部屋にあるはずだった。また探そうと思ったが、無駄なことはわかっていた。あの時押し入れから何から、隈《くま》なく探したのだ。私はしかし、もう一度探すのをやめなかった。ベッドの下や、テレビ台の裏など、今までに何度も探した場所を、私はしつこく探し続けた。

3

美紀が最初に部屋に来た時、風俗だとは知らなかった。美紀は私の隣の住人に電話で呼び出されたのだが、どういうわけか、間違えて入ってきた。私はあの時、何年振りというくらい、酷《ひど》く笑った。そんな間違いがありえるのかと、思ったのだ。

美紀は初めエリと名乗り、部屋に入ると着ていたコートを脱いだ。私は起きたばかりで状況がわからず、料金のことを一方的に喋《しゃべ》る彼女をぼんやり見ていた。彼女は黒い髪の背の低い女で、コートの下には白いセーターを着ていた。目が大きく、体とは少し不釣り合いの長くて奇麗な指が印象的だった。美紀は私が電話をしたのに惚《ぼ》けていると思い、次第に苛々《いらいら》とし始めた。彼女が怒っているのはわかったが、しかし私も寝ているところを起こされて、いい気分ではなかった。そしてそもそも、彼女がこの部屋になぜ来たのか、何をしようとしているのか、見当もつかなかった。「ひょっとして馬鹿《ばか》にしてるの？」と彼女は言った。そう言った時、彼女はこれ以上ないほど私を睨《にら》んだ。

「でも、あなただって電話してるんだから、同類じゃない、そうでしょう？　恥ずかしいのか何なのか知らないけど、どうせやることはやるんでしょう？　そういうのつまんないんだから」

彼女はそう言ったが、やがて諦《あきら》めたように、私の顔を見ずに服を脱ぎ始めた。私達はその美紀の間違いが判明するまで、意味のない言い争いを繰り返した。判明した時、私は声を出して笑った。起こされた私はいい迷惑だったが、こうやって笑えるなら別によかったような気もした。が、彼女は笑わなかった。下着姿のまま、それを隠すことも忘れてベッドに座り込み、放心したようにそのまま動かなくなった。私がまだ笑いながら「だから隣だよ」と言うと、彼女は顔を微かに赤くした。あの時の彼女の表情を、私は今でも鮮明に思い出すことができる。私は笑うのを待っていたが、彼女は両手で顔を覆《おお》うように隠し、そのまま、声を立てずに泣き始めた。

彼女の体は細く、まるで子供のように見えたが、似合わない黒い下着を着け、私の嗅《か》いだことのないきつい香水の匂いを漂わせていた。美紀はあの時、恥ずかしくて泣いただけではないだろうと思う。多分、疲れていたのだ。一日に何人もの人間の相手をしないといけない、後に一度だけ、そう語ったことがあった。あの時も、胸の上の方には二ヵ所、真新しい青い痣《あざ》があった。そして私の部屋に間違えて入って来なければ、彼女は隣の男の部屋に行き、その体を、好きなようにされることになっていた。隣の住人は中年の太った男で、いつも魚の臭いがし、どうみても、醜かった。私は彼女が泣いているのを見ながら、あの男が彼女の足を開き、その性器を好きなようにいじっている場面を思い浮かべていた。それは彼女の仕事で、とやかく言うことではなかったが、私はあまりいい気分ではなかった。

私はそれから彼女に言い寄り、そのままセックスをした。別に性欲を感じたわけではなかったが、何かを演じてみたかったような、そんな気分だった。私は優しい男を演じ、嘘《うそ》ばかり口にしながら、美紀の体を抱き寄せていた。これは私の、以前からの癖というか、病気のようなものだった。本心がどうであったとしても、時折、殆《ほとん》ど発作的に何かの振りをしたくなることがあった。その演技が自分にとって意味のないものであったとしても、何かに駆られるように、私はよくそれを始めた。あの時の私を外から見ていれば、多分誰もが優しい男だと判断しただろうと思う。私は美紀に同情しようと、あの時涙まで流した。そういうことを、いつも無理なくすることができた。しかし私はそうした中で、妙なことだが、自分の本心を見失うこともあった。実際、あの時の自分が本当は何をしたかったのか、今の私は思い出せない。というより、あの時の私にも、それはわかっていなかったような、そんな気もした。

もしもあの時の私に違う考えが浮かんでいたとしたら、例えば美紀を嘲《あざけ》るような、酷い男を演じようという考えが浮かんでいたとしたら、私は躊躇《ちゅうちょ》なく、そうしていたのかもしれない。妙なことだが、それは私にとって、ありえないことではなかった。

私の美紀に対する感情は、彼女のそれとは反対に、それから美紀が交通事故で死んでしまうまで続いた何ヵ月かの生活の中で、それ以上発展することはなかった。が、美紀といることに対して、面倒さを感じることはなかった。美紀の彼氏として、彼女の行動に自分を合わせることができた。そして時にはそのことに、快感と言えば大袈裟《おおげさ》だが、ある種の陶酔を感じることもあった。いかにも美紀の彼氏らしい行動を意識的にとる時、特にそれが典型的なことであればあるほど、私はよくその陶酔を感じ、同時に満足した気分になった。皆が恋人に対してそうするように、私は美紀と一緒に映画を観《み》、時には笑わせ、夜になればセックスをした。美紀が病気になれば慌《あわ》てたように薬を買いに行ったし、泣いていれば慰めた。その時も慌てている自分を意識し、慰めている自分を意識しながら、その陶酔した気分を自分の中に感じていた。あの時の私は、自分が彼女に対してどういう感情をもっているか、深く考えたことなどなかった。あのままその生活が続いていれば、美紀と結婚もしたし、子供もつくったろうと思う。私に必要だったのは、美紀と行動を共にする、そういった場面の連続だった。

美紀は子供のような女だった。私はそれから、初対面の時のような美紀の苛々とした様子を、一度も見たことがなかった。彼女はよく笑い、明るく、活発な女だった。ゲームセンターで私に負けた時でさえ、本気で悔しがり、漫画のように頬を膨らませ、自分が勝つまでやめようとしなかった。一緒にいる時は、いつも私の服のどこかを指で摑《つか》んでいた。彼女はよく、私にずっと一緒にいてくれとせがんだ。そういう時、彼女は自分の切実さを隠すようにおどけながら、子供がするように、私に指きりをさせた。私はその約束を今でも果たしているつもりだった。あの時の私が美紀にどういう感情をもっていたとしても、私は美紀を必要としていたし、当然のことながら、死んで欲しくはなかった。が、美紀は中学時代の友人と一緒に静岡まで旅行に行き、そこでトラックに轢《ひ》かれた。

美紀が死んでから、最初に彼女についての近況を健治達に聞かれた時、私は殆ど自然に、美紀はアメリカにいると答えた。美紀は映画が好きで、アメリカに留学するのが夢だったからだ。そう言った時の自分に起こった、あの染《し》み入るような暖かさを、私はよく覚えている。何だか美紀が本当にアメリカで幸福に暮らし、まだ生きているような、そんな感覚を自分の中に感じたのだった。私はそれから、美紀が今幸せに暮らしていることを、健治達に長々と話した。その間、酷く気持ちが落ち着き、喜びさえ感じた。美紀の幸福を語れば語るほど、どうしようもなく、いい気分になった。あの時、私は健治達を長い間引き止め、中々帰そうとしなかった。

4

芳香剤の匂いがうっとうしく、私はそれを捨ててもいいかと健治に聞くか迷った。どこに行きたいかと聞かれ海と答えたが、しかし海になど少しも行きたくはなかった。私はただ、そう言っただけだった。車は入り組んだ細い道を通り、どこかの国道に出た。私は煙草《たばこ》に火を点《つ》け、郁美の胸の辺りをぼんやりと眺めていた。郁美は煙草を吸いながら、おもしろいものでもあるかのように、車の中を見渡していた。

「ねえ、この車、高くない？」郁美が私の隣でそう言った。

「ああ、俺、過保護だから。入学祝いだったんだ」健治はそう答えると、小さく笑った。

「入学祝いねえ、ふうん。幸せだよ、あんたは」

私はバッグをさすりながら、自分が一度も美紀と海に行かなかったことを思った。美紀は海が好きだろうか。考えたが、しかし今更わかることではなかった。

「親なんて私を殴ることとしかしなかったけどねえ。ほら、この前歯、差し歯なんだよ。本物みたいでしょう？」

郁美はそう言って私に歯を見せ、嬉《うれ》しそうに笑った。

「厳しかったんですか？」恵美が後ろを向いてそう言った。

「違うって。馬鹿なのよ。まあどうだっていいんだけどさ。親はなくてもね、子は育つんだよ。あんたは？　甘やかされたでしょう？　そんな顔してるもん」

郁美はどうやら私に言っているようだった。

「そうだなあ」と私は言った。「でもかなり平凡な家庭だったから、普通じゃないかな。俺は」

私はそう言った時、いつものことだが、少しいい気分になった。

車は街を通り抜け、左右を木々に囲まれた急な坂の道路を上った。外は段々と薄暗くなり、窓から見える木やガードレールの連続は、ぼんやりと青く浮かび上がって見えた。郁美が海に着くのはいつ頃になるかと健治に聞いた時、鼻を刺す生臭い臭《にお》いがし、開いていた窓から海が見えた。その臭いは私の気分を急に悪くさせた。それが海の臭いであるとわかっていたが、私はやはり、憂鬱《ゆううつ》だった。何かが近くで腐っているような、そんな気がしたのだ。

「なんて顔してるのよ。美紀ちゃんと来たかったとか思ってるんじゃないでしょうね？」

恵美がバックミラー越しに私を見てそう言った。私は瓶の入っているバッグを眺めていたので、危うく、美紀も一緒に来ているじゃないか、と言いそうになった。私は少し、頭が痛くなった。

「美紀はアメリカにいるって言っただろう？　何聞いてるんだよ。そんなの、来れるわけないじゃないか」

「あ、まあそうなんだけどさ。でも、だから残念なんだろうなって思ったのよ。やっぱり寂しいでしょう？　美紀ちゃんも帰って来ればいいのにね、そしたら一緒に来れたのに」

車から降りた時、外はもう暗くなっていた。少し迷ったが、バッグを車に残していくことにした。海は呼吸するように水面を起伏させ、強弱のある波の音を連続して立てていたが、すぐに飽きた。健治がトランクから花火の袋を取り出し、学生っぽくていいだろうと笑った。郁美と健治がそれらに火を点けたので、私も点けた。それから私は、うかれたように花火で遊んだ。別にそんなことはしたくなかったのだが、うかれた人間になってみたかったような、そんな感じだった。私があまりに楽しそうだったので、健治は何度か私を不思議そうに見た。どこかに行っていた恵美が、何かを言いながらこちらに向かって走っていた。

トイレに行くと、健治が後ろからついてきた。私はさっきから頭が痛く、気分も悪かった。健治は最近恵美と言い争ってばかりいると私に言った。私はそれに対し何かを言ったような気がしたが、よくわからなかった。洗面台の薄汚れた鏡を見ていた時、先に出ていた健治が真剣な表情をして戻ってきた。健治はそれから「何か、人がいるんだけど」と私に言った。

「何が？」

「男が三人いるんだよ。さっき俺達がいた場所に。多分、恵美と郁美さんのことナンパしてるんじゃないかな」

「どんな奴《やつ》？」

「何か、がら悪そうだよ。こういう時は、一人で戻るより二人の方がいいだろ？」

健治はそう言って笑い、私は彼の後をついて歩いた。頭痛は中々治まることがなく、風邪をひいたのかもしれないと思った。砂浜には、健治の言う通り茶色い髪をした三人の男が恵美と郁美に声をかけていた。私はうんざりした気分になった。恵美が私と健治を見て、だから人と一緒だって言ったでしょうと大きな声を出したが、彼らはあまり諦める気はないようだった。

彼らは郁美を囲うように座り、彼女をしきりに誘っていた。男の内の一人が、こんな奴らほっといて俺達と行こうぜと言った。そう言った男は太っていて声が高く、私にみっともない印象を与えた。健治が彼らに何かを言ったが、私には聞こえず、また彼らも聞いてはいないようだった。私は砂浜に突き刺さっていた鉄の棒を見つけ、手に持った。多分日よけの傘か何かを支える部品だろうと思った。その鉄の棒はずっしりと重く、持った感じがよかった。私はそれから棒を握り直し、太った男に向かって振り降ろした。が、別に怒りを感じたわけではなかった。私はこの鉄の棒の似合う人間に、暴力を好む人間になろうとし、気がつくと、そういう自分の行動を意識しながら、動いていく体を、心地よい感覚の中で何かに預けていた。男は悲鳴のような声を出し、驚いたように私を振り返った。私はその時、この彼の姿はおもしろいのだろう、と思った。私がこうすれば、彼は驚いたように私を見るだろうと思っていたし、そしてその通りになったからだ。私はそれから「取り敢《あ》えず殺してやるよ」と言った。この棒を見つけた時、私は既にそう言っている自分を頭の中に思い浮かべていた。男が足を押さえていたので、多分棒はそこに当たったのだろうと思った。私はそこを狙《ねら》ってもう一度振り降ろし、男が悲鳴を上げるのを待ってまた振り降ろした。私はそれをしながら、この男も私にやられていることを、この現状を、あるいは楽しんでいるのかもしれない、となぜか思った。が、その行動は段々と私を疲労させた。腕もだるかったし、元々私は体の強い方ではなかった。何だか面倒になり、そのまま男を打ちつけるのをやめようと考えたが、どういうわけか、棒を振り降ろそうとする衝動が、面倒になっている自分に抵抗し、続けるようにと、私に強いていた。私は多分怒りを感じていなかったし、この男のことなどどうでもよかったが、私は棒を振り降ろす行動に突き動かされていた。何がしたいのかわからなくなり、一瞬躊躇したが、その時腕を掴まれる感触を覚え、振り返るとそこに別の男がいた。辺りは暗かったが、彼が怒っていることはわかった。どうして私はやめようと考えたのに彼等は続けるのか、少し不満だった。仕方がなかったので、彼の顔を肘《ひじ》で打ち、棒を握り直してまた振り降ろした。そうしているうちに、この二人の男が揃《そろ》って足を押さえるところを見なければならないような、そんな気がし始めた。疲れていたが、私は何度も振り降ろしていた。それは私に何かの義務を連想させた。これを続けなければならないような、そんな気がし、棒を持つ手に力を込めた。私はその義務にしたがい、彼らを打った。が、なぜそれが義務なのかはわからなかった。私は自分でおかしくなり、少し笑おうと思った。打たれていた男は立ち上がろうと努め、私の顔を見ながら何かを言った。彼の頭は角度からいって、私にとってちょうど打ち易い高さだった。少し離れていた男が、ナンパしただけだろういかれてんのかよ、と大きな声を出した。健治は私の前に立ち、もういいよと言った。

三人の男がいなくなってから、誰も話し出そうとしなかった。なので私はその間、昨日見たテレビについて、昔の失敗談について、よく喋《しゃべ》った。が、話している途中で、恵美が突然、さっきはやり過ぎだよ、と言った。そして私の方を見、どうしてあそこまでやったのかと続けた。恵美はどういうわけか、真剣な表情を浮かべていた。私は何かを言おうとしたが、何も思いつかなかった。そうしていると、健治が何言ってるんだよ、と恵美に向かって声を出した。

「あんな奴らどうなったって知るかよ。そう、それに、だからお前ちゃんと足狙ってたじゃないか、そうだろう?」

健治はそう言い、私のことを見た。私は頷《うなず》き、健治はたまに気の利《き》いたことを言う、と思った。郁美が健治の言葉に頷き、一息つくように笑った。そして、私に打たれていた男が涙ぐんでいたことを言い、健治と一緒にまた笑った。

しばらくすると、恵美と健治は二人で浜辺の方に降りていった。それを見ていた郁美が、最初から二人で来ればいいのにねと言って笑った。そして私の手を摑み、コンクリートの段に座らせた。

「私さあ、彼氏と別れようと思うんだけど」

郁美はそう言い、海を眺め始めた。

「何かね、セックスも下手だし、すぐいじけるし、男らしくないのよ。私は何かこう、もっと乱暴にされるくらいがいいんだよね」

「まあ、好きにすればいいんじゃないか」

「あんたは？　美紀と別れようって思ったことないの？」

「ないよ。あるわけないだろう？　あっちもそんなこと思ってないよ」

私がそう言うと、郁美はさもおかしそうに笑った。

「馬鹿《ばか》じゃないの？　どっからそんな自信が湧《わ》いてくるわけ？　美紀はどう思ってるかわからないじゃない。向こうで男でもつくってるかもよ」

「つくってないよ。そんな女じゃないんだ」

海の方向から強い風が吹き、口の中にざらざらとした砂の粒が入った。私はそれを吐き出しながら、郁美の胸を眺めた。郁美が体を動かす度に、それはゆらゆらと上下に揺れた。

「私はやっぱり、色んな男と遊んでる方が合ってるのかなあ、ねえ、どう思う？」

郁美はそう呟《つぶや》き、また海を眺め始めた。私はさっきの疲労のためか、酷《ひど》く眠かった。海岸沿いの道路に、白い大きなワゴンが止まっているのが目に入った。郁美がまた話し出すまで、私はそれを長い間眺めていた。

5

美紀の死を知る前、私は色々と計画を練っていた。あの頃、私は美紀を喜ばせることに努力していた。美紀は時々ではあったが、私のことを不安そうに見つめることがあった。必要以上に彼女を喜ばせたり、出掛けた先で不自然にはしゃいで見せたりした時に、よくそういう表情を私に向けた。私の真意を疑うというか、自分に対する私の気持ちを確かめるというか、そういう空気がその視線からは感じられた。美紀のそういった視線は、私の想像になかったものだった。美紀はよく、私達の将来について、心配するようになった。私はそれを取り除くために、美紀に何かを言う必要があった。

その時ちょうど、私はテレビでドラマを見ていた。その主人公が自分の彼女に話した典型的な会話を、私は覚えておこうと思った。「卒業したらさ」私は美紀が旅行先の静岡から帰って来た時に言う言葉を、そのドラマの台詞《せりふ》と混ぜながら、頭の中に思い浮かべていた。「まず始めに、温泉にでも行こう。ほら、今までどこにも泊まりに行ったことなかったから。そして、その頃は俺もどこかに勤めることになっているはずだから、今よりも少しだけ大きなアパートを借りて、また一緒に暮らそう。お前、猫、好きだったよな。だから、動物を飼えるようなアパートを探すんだ。大丈夫だよ。俺ちゃんと働くし、お前は好きにのんびりしてればいいよ。休日になったら二人でまた流行《はや》りの映画見て、どこかに食事に行ってさ、きっと楽しいよ。俺は多分出世とかしないタイプだけど、お前くらいなら養っていけるよ。こつこつ貯《た》めれば、お前の留学だって援助できるかもしれない」

私がそう言えば、美紀は喜んでくれたと思う。そして私も、こういうありきたりな言葉を吐いている時、例のごとく軽く酔い、幾らかいい気分になっただろうと思われた。美紀は笑う時、これ以上ないほど顔を崩した。私は自分が言ったように、それからの生活を進めていくつもりだった。私は美紀の彼氏という役割に、喜びを感じていた。

美紀が死んだことを知らせたのは、美紀に言う言葉を考えた日の、数日後にかかってきた電話だった。それは酷く晴れた日だった。相手は、美紀の旅行に同行した友人だと名乗った。初め、電話の相手が何を言っているのか、理解できなかった。馬鹿なことばかり話し、嘘《うそ》ばかりついていると思い、腹さえ立った。が、私の心臓の鼓動は、酷く激しかった。両方の足の力が抜け、立っていることが難しく、自分の体を電話台に置いた腕で支えなければならなかった。病院の名前を、相手は何度も繰り返していた。それを聞く度に、大きな感情に圧《あっ》され、息をすることが難しくなった。それは驚きや悲しみではなく、恐怖だった。私は、電話の相手を早く黙らせようとした。相手を、一刻も早く、黙らせなければならなかった。そのために何かを言おうとしたが、喉《のど》を上手《うま》く開くことが出来ず、声が出なかった。トラックがどうのと言い、相手が泣き始めた時、私の中の何かが切れた。「いい加減にしろ」気がつくと、そう叫んでいた。「意味わかんねえことばかり言ってんじゃねえよ、今度会ったら殺すからな」私は吐き出すように叫び、電話を切った。その時の私の声は、自分のものとは思えないほど、低くて太い、妙な声だった。私はベッドに横になり、テレビを点《つ》け、その状態のまま、いつまでも動かなかった。どれくらいそうしていたかは覚えていないが、何というか、自分の体を少しでも動かすのに、勇気がいった。私は動けなかったし、そして、何かを考えるのも難しかった。

私は、自分は本気で美紀を求めていたのだろう、と思った。美紀との生活の場面だけではなく、美紀そのものを、必要としていたのだろうと。自分の中の恐怖を伴う喪失感から、そのことを確認した。死んだ後で自分は美紀を激しく求め始めたような、そんな気さえした。私はやはり、そのまま動くことができなかった。気がつくと、カーテンの隙間《すきま》から太陽の光が漏れていた。私はそれが、眩《まぶ》しくてならなかった。光はゆらゆらと揺れ、私の体にまとわりついて離れず、気になって仕方なかった。その光が自分を酷く嘲《あざけ》っているような、そんな気がした。私はそれから何かの馬鹿のように、光が漏れないよう、何度もカーテンをしめ直した。

翌日、指定された病院に行くため新幹線で静岡まで向かった。翌日になった理由は、私の勇気がなかったからだった。私は美紀の死を受け入れようとしていなかった。電話の相手は嘘を言い、騙《だま》そうとしているのだと思い込もうとしていた。死体が安置されている病院などに行くよりも、自分の部屋で、美紀の帰りを待っていたかった。が、翌日には、新幹線に乗っていた。乗らざるをえないような、そんな感じだった。新幹線の中で私は、何度か車掌に注意を受けた。なぜ注意されたのかは、上手く思い出せない。病院の建物が見えた時、恐ろしく、もう一度動けなくなった。病院の中で、私は長い間待たされた。柔らかい椅子《いす》の上に座り、壁にかかっていた小さな絵をぼんやりと見ていた。それは青い木の絵だった。真ん中に一つ、青い木が伸びていた。その絵に助けを求めたいような、よくわからないが、そんな気分になり、私は何かを絵に向かって呟いていた。

美紀の死体を見た時の印象は、眠っているようだった、というのではなく、まるで生きているようだった、というわけでもなかった。私の期待というか想像は、完全に裏切られた形になった。簡素な台に乗せられた美紀は、誰がどう見ても、死んでいるとしか見えなかった。髪の毛は整い、目を閉じていたが、口が奇妙に歪《ゆが》んだ状態で開いていた。私は息が詰まり、しばらく、動くことも出来ず苦しかった。私は哀願するように、側にいた白い服を着た男に「口を閉じさせてもらえませんか」と頼んだ。美紀の口が歪んだまま固まっているのに、耐えられそうになかった。この口はあんまりだと、殆《ほとん》ど泣きそうになりながら、思った。思えば私があんなにも誰かに何かを望んだことはなかったが、あの白い服の男は、私の願いを聞こうとはしなかった。男は「葬儀の時にはもっときちんとお化粧をしますし、その時は、口の方も閉じていると思います」と、あの時の私には意味のわからない言葉を言っただけだった。私は男に、取り敢えずカーテンを閉めてくれと頼んだ。後ろから感じる太陽の光が、うっとうしくてならなかった。が、男はその願いも、聞いてはくれなかった。ここには窓はないと、ただそう繰り返すだけだった。

「美紀は、これから、どうなるんですか」

「何がですか？」

「だから、美紀は、これからどうなるんでしょうか」

男は私の顔を不思議そうに見ていた。

「週末に、御両親が御遺体を引き取りにこちらまで来られるそうです。ですからそれまでは、当病院の霊安室で保管させてもらうことになっています」

「両親？　どうして週末なんですか？」

「いえ、それは、私は存じ上げないことで……」

「美紀は家出をしたんです。だから、美紀はそんなところには帰りたくないはずだ」

「ですが、親族の元で埋葬されるというのが、仕来たりと言いますか、決まりといいますか、そういうことになっていますので」

「埋葬？　美紀は焼かれるんですか？」

「え？」

「美紀はさらに焼かれたり、燃やされたりするんですか？　この表情を見て下さいよ。これは酷く苦しんだ証拠じゃないですか？　何でそんな酷いことを、美紀にするんですか」

「土葬という風習もありますが、やはり、一般的に火葬ではないでしょうか。あの、もうそろそろ、御遺体を元に戻したいのですが」

その時、私の狭くなっていた視界に、美紀の手首が白いシーツから覗《のぞ》いているのが映った。手首には縫い目があり、それは二本の指、小指と薬指の付け根にもあった。私はその時、この二つの指には意味がある、とぼんやり思っていた。私が凝視しているのに気がついたのか、男は、遺体は所々が切断され、酷い状態だったんですと、さも悲しそうに言った。私はそれから、ある一つの考えが頭から離れなかった。私は美紀が欲しかった。美紀を、この酷い場所から連れて帰らなければならないと思った。私は美紀の焼かれる場面を想像したが、それは耐えることができないほど、残酷なものに映った。私は頭がぼんやりとし、それから、「しばらく二人にしてもらえませんか」と言っていた。男は幾分躊躇《ちゅうちょ》していたが、私の異様な態度のせいか、今度は言うことを聞き、部屋から出ていった。

私は美紀に近づき、その手首を持った。それは嫌になるほど冷たく、弾力に欠け、背中の辺りに汗をかいた。汗は無数の水滴となり、その一つ一つがゆっくりと、皮膚の表面を這《は》うように流れた。私は自分の意思というよりも、何かに強制されるように、ジッポのライターをポケットから取り出した。背後の太陽が気になって仕方なかったが、意識を掻《か》き集めるようにジッポライターの蓋《ふた》を押し開け、火を点けた。薄暗い部屋の中で浮かび上がったそのゆらゆらとした赤い炎は、私の意識をさらにぼんやりとさせた。ずっと一緒にいてという美紀の言葉が、頭の中で繰り返し響いていた。私はそれから、小指の先を指で摘《つま》み、その付け根に結びついていた縫い糸を、そのライターの火を使い、一つ一つ、溶かしていった。皮膚の焦《こ》げる臭《にお》いが辺りに漂い、胸が悪くなったが、その間中、少し我慢してくれと、美紀に語り続けていた。あの時私は、美紀を持ち帰ることしか考えていなかった。それがたとえ体の一部分であったとしても、私には美紀が必要だったし、美紀もそれを望んでいると思った。糸は奇妙に思えるほど簡単に燃え、そこからは血液も、想像していたほど流れることはなかった。途中、その硫黄のような臭いに我慢出来ず、息を止めていた。その時、頭の隅で、自分がまだ息を止めるという冷静な行為を忘れていなかったことを意識した。最後の糸が切れ、その小指が美紀の体から離れた瞬間、突然に、恐ろしくなった。それは死体を冒瀆《ぼうとく》したということや、ばれたらどうするのかということではなく、体から指が離れた映像が、ただ単純に、恐ろしく見えたのだった。私は美紀の小指を、自分の指で摘んで持っていた。自分の指が震えていないことに、私は少し驚いた。頭の中が熱く、額からは酷く汗が噴き出ていたが、やはり殆ど、冷静だった。私はそれから、この指を服のどこに入れるかを、考えた。手荷物を持っていなかったので、服のポケットに入れるしかなかった。ズボンのポケットに入れれば、その隙間の幅を考えると、動いた時に指が潰《つぶ》れてしまう危険があった。そういった理由から、私は指をシャツの胸ポケットに入れた。入れた瞬間、薬指を見た。次は薬指だと、どこからか声が聞こえたような、そんな気がした。が、その時急激な何かの感情に襲われ、私は部屋から、半ば走るように出た。ドアを開けた時に、そこで待っていた白い服の男と目が合った。私は無理に笑みを浮かべ、どうもすいませんでしたと、男を説得するように繰り返していた。自分のその行為が不可解なものであると気がつくのに、時間がかかった。私はそれからはっと気がつき、驚いている彼を残して、足早に歩き去った。

病院の廊下を歩きながら、常にきょろきょろと辺りを見た。擦れ違う人間の殆どが私を見たので、多分、妙な表情をしていたのだと思う。私は胸ポケットから感じる微《かす》かな重みを、殆ど全身で感じていた。歩く度に、指はポケットの中で微かに揺れた。私は歩きながら、美紀が昔ふざけて私によくそうしたように、この指が自分の乳首をくすぐっているような、そんな気がしていた。真《ま》っ直《す》ぐに歩こうと努め、意識の大半をそのために集中していたが、何度か看護婦や、患者などにぶつかった。肩を強い力で摑《つか》まれた時、誰かが怒りを示したのだと思い、振り返った。が、そこにいたのは、白い服の男だった。私を美紀の所まで案内し、その死体を見せた、あの男だった。

「あの、すみませんが」

男は私の肩に置いた手を離さないまま、そう言った。男の顔はさっき見た時よりも青白く、顔の表面は滲《にじ》んだ汗のために湿っていた。男は二つの目を大きく見開き、肩で息をしながら、私の顔を黙ったまま見つめ続けた。心臓に鈍い痛みを感じ、殆ど何も考えることができなくなった。激しく緊張し、その強張《こわば》った圧迫が喉の辺りに込み上げ、立っていることが辛《つら》くなった。が、男はまだやはり、私の肩に置いた手を離そうとしなかった。

「その、失礼ですが、あの、お名前と御住所、それから、電話番号などを、聞かせてもらえませんでしょうか」

「何をですか？」

「ですから、お名前と御住所を……。お住まいは静岡県で、よろしかったですか？」

男は目を大きく見開いたまま、一つ一つ言葉を選ぶように言った。そして、微かに腕を震わせながら、胸ポケットからペンと手帳のようなものを取り出した。

「どうして、そんなことを聞くんですか？」

私は自分でそう言った時、体が内側から震えた。

「あ、いえ、その、決まり、なんです。ええ、最初に伺わなかったものですから。ええ、決まりなんです」

「決まり？　聞いたことないな」

「ええ、すみません。でも、決まりなんです」

私は少し考え、山井彰人という嘘の名前と、東京都の嘘の住所を捻《ひね》り出した。男はそれを懸命に書き込み、急ぐようにまた胸ポケットにしまった。帰ってもいいかと聞くと、男は幾分躊躇し、私を廊下の先の階段の辺りにまで連れていった。私は逃げるタイミングを見計らった。なるべく不自然にならないように辺りを見、出口までどう行けばいいのか考えた。

「あの、変なことを聞くようですが、ええ、その、本当に、変なことを聞くようですが」男はそう言うと、私から視線を逸《そ》らした。「御遺体と二人になった時、あの部屋で、お二人になった時、その、何か変わったことはありませんでしたか？　その、妙なこと、といいますか、あまり、考えられないことなんですが」

「何を言っているのか、わかりませんが」

「何を言ってるのかわからない？　あのですね、私が部屋に入った時、ええ、あなたがあの部屋から出ていった直後、本当に直後だったんですが、妙な臭いがしました。鼻に突く、といいますか、まとわりつく、と言いますか、私には、よく覚えのある臭いです」

男はそう言うと、私の、微かに膨らんだ胸ポケットの辺りに、その視線を留めた。男はそれを凝視しながらまた汗をかき、声を震わせた。私は心臓の鼓動を抑えるのに、その時必死だった。

「あれは、死体が焼ける臭いです。あの臭いは、その、独特なものなんです。何と言いますか、それ以外に発生しない、独特な臭いなんです。私は急いでシーツを取りました。死体というのは簡単に焼けてしまいます。そんなことになったら一大事で、遺族の方にも、合わせる顔がない。でも、死体は焼けてはいませんでした。燃えているような様子もない。ちゃんと、そこに、あったんです。私は安心したんですが、その、よく見ると」

男はまだ、私の胸ポケットから視線を外さなかった。

「……左手の小指が、なくなっているんです。私は驚いて、確認しました。あれは、私が縫合したんです。縫合した箇所は、ちゃんと覚えています。左の手首、薬指、小指、私はあの箇所では、この三つに糸を通しました。私はそのなくなった小指を懸命に探したんですが、その、どこにも、ないんです」

「意味がわからないですね。そんなことは、自分で解決して下さいよ。俺の知ったことじゃない。あなたの不注意で、どこかに落ちてしまったんじゃないですか？ その縫ったつもりで。そんなこと、知りませんよ」

「何を言ってるんですか、あなたは」

男はそう言うと、私の顔を真っ直ぐに見た。息が苦しかったが、平静な表情を顔に保とうと努めた。

「あの小指の付け根には、焦げた跡があったんですよ。あれは、誰かが、人為的に、取っていった証拠です。どうやったのかは知りませんが、あれは明らかに、誰かが指を持っていった証拠なんです。あんなものを、欲しがる人なんていない。死体なんてものを、欲しがる人なんていないんですよ。あれを欲しがる人がいるとすれば、変態か、それこそ、頭のおかしくなった恋人しか考えられない」

男は興奮したようにそう言うと、また、その視線を私の膨らんだ胸ポケットに注いだ。私は落ち着くために煙草《たばこ》を取り出し、火を点けようとした。指先が震え、それを止めることができなかった。が、男は私のその仕種《しぐさ》を見て、ここは禁煙ですと、まるで追い詰めるように、言った。

「俺は知らない。あなたは自分のミスを、俺のせいにしてるんだ」私のその声は、酷《ひど》く震えた。

「何を言ってるんですか。あなたは自分のしてることが、わかってるんですか」

「何が？」

「何がって、あなたは……」

　あの時の、私を見ていた彼の表情を忘れることができない。それは汚いものでも見るような、気味の悪いものでも見るような、そういう表情だった。私は不意に、その場で泣いてしまいたいような、そんな発作にかられた。

「今日は、ちょっと用があるんです。だから、今度、話を聞きます。住所だって電話番号だってメモったんだから、明日だっていいでしょう？　警察でも何でも、突き出して下さいよ。まあ、こんなことが警察沙汰《ざた》になるとはとても思えませんけどね。でも、俺は知らない。あなたが何を言っているのか、俺は、全然、わからない」

私はそう言い、男の元を去った。男は、私を引き止めるような素振りを見せなかった。もしかしたら、彼はもう、私に関わることすら嫌になったのかもしれない。振り返ろうと思ったが、その勇気がなかった。男がさっきの表情で私を見ていることに、間違いなかったからだ。

＊

私の目の前には瓶があるが、あの時、指をこのような形で保存することになるとは思っていなかった。保存するという考えよりも、ただ、何かに駆られて持って帰ってきたと言った方が正確だった。この瓶は、言わば必要に迫られた結果生まれたものだった。あの時、病院を出た私はコンビニで氷の入ったカップとサランラップを買い、駅のトイレに入った。胸ポケットから指を取り出し、ラップで包み、カップの氷を三分の一ほど捨て、指をその中に入れた。私は氷が万遍なく指を包むように苦労した。新幹線に乗りそのまま部屋に帰ったが、その間中、殆《ほとん》ど何も考えていなかった。時々奇妙に歪《ゆが》んだ美紀の口が頭に浮かんだが、その度に、頭の中のその映像をかき消した。部屋に入って指を改めて見た時、初めに感じたのは、圧倒的な後悔の念だった。氷は全《すべ》て溶け、ラップの中に入り込んだ水には僅《わず》かに血が滲み、指はその中で、奇妙に浮かんでいた。気味の悪さに耐えられず、手が震え、危うく床に落としそうになった。あれだけ美しかった美紀の指が、体から離れた途端に醜いものに姿を変えたような、そんな気がした。私は封印するように、冷蔵庫の冷凍室にしまい込んだ。何よりも耐えられなかったのは、その指が曲がっていることだった。関節に沿ってコの字に歪んだそれは、もう殆ど指には見えなかった。どうしてあんなことをしたのか自分でもわからず、酷く苦しかったが、今更これを病院に返しに行くわけにもいかなかった。私は悩んだが、しかし不意に気がついたように、それに対して悩むことをやめた。私は冷静になってはいけないと、自分に言い聞かせていた。あの時私は、自分や自分の置かれた状況を客観的に判断することを、避けたいと思っていた。あるいは冷静になると、美紀を完全に失ったという現実が目の前に迫ってくると、あの時の私は既に予感していたのかもしれない。無理やり思考を停止させるように、美紀の死について、そしてその指について、考えないことを自分に強いた。私はそれから、美紀の生活を想像した。美紀のアメリカでの生活を、色々なストーリーを作りながら、頭の中で進めていった。想像の中での美紀は、まるで生きているように活発であり、美しかった。その行為に、私は夢中になった。私は頭の中で、美紀をより幸福にし、より楽しませた。そうしていると、酷く安心した。

臭いを感じたのは、二日後のことだった。初めて感じた時、私は原因があの指であるとすぐに気がついた。が、それを知りながら、生ゴミを片付け、キッチンを掃除し、しばらく時間を過ごしていた。私は確認するのが恐ろしくなっていた。冷凍室の中がどうなっているのか、あの指がどうなっているのか、見るのが恐ろしかった。意を決して冷蔵庫のドアを開けた時、私はその臭いを直接に嗅《か》ぎ、トイレで食べた物を全て吐いた。それはただ単に臭いというだけでなく、私の中の何かを苛立《いらだ》たせ、怒りさえ覚えさせるような、そんな臭いだった。あの時私は、死体ほど厄介なものはない、と思った。そして、なぜ人間が死体を家から出し、埋葬するのかを理解したような、そんな気がした。私は酷く後悔し、こんなことをしている自分を薄気味悪く感じたが、それから間もなく、自分が「我に返っている」ことに気がついた。あの時私は、何かを深く考えたくなどなかった。自分のしていることを冷静に考えたくはなかったたし、そのことには、酷い恐怖が伴っていた。根底には、美紀よりも、むしろ、狂っていた方がよかったのかもしれない。あれは美紀の指であり、美紀の体の一部であるから、自分はそれも愛することが出来るはずだ、と考えた。前々から意識の隅に存在していたその考えは、私の中に入り込み、美紀のいない現実から逃れようとする私を支配した。いや、というより、現実を見ないために、私は敢《あ》えて、そういう演技を自分に課したのかもしれなかった。私はすぐに、腐らせない方法を考え始めた。人間は死に続けるのだ、とあの時私は思った。人間は精神のようなものが死んだ後も、その肉体は死に続け、骨が土に帰ってなくなるまで、死は継続するのだと思った。私はそれを、途中で止めようと思った。美紀の姿の面影を、その肉体を、そのＤＮＡを、永遠に封じ込めようと考えた。私は、標本に関する資料を図書館で読み漁《あさ》った。そういう資料は、驚くほど少なかった。美紀の指が腐り始めていたあの時、私には時間がなかった。私は苛々としながらも、どこかで、自分が死というものに抵抗しているような、大袈裟《おおげさ》に言えば、神のようなものに抵抗しているような、そんな錯覚をも感じ、時折、気分がよくなったりしていた。

私はそれから、液浸標本という方法に行き着いた。剝製《はくせい》のように手術行為をするのではなく、直接ホルマリン漬けにする方法だった。医大に通っている知り合いにホルマリンの原液を手に入れてもらい、譲り受けた。彼は渡す時、何に使うのかと、念のためといった風に聞いた。私は現代芸術に凝っていて、今度作品を出品するのだと答えた。水でもいいのだが、本物のホルマリンを使わないと雰囲気が出ないのだとも付け加えた。その理由はとても相手を納得させられるものではなかったが、高い金を払ったせいか、彼は渡してくれた。

目盛りの付いたビーカーやフラスコ、ゴム手袋やゴーグルを買った。ホルマリンは一種の劇薬で、手や、特に目に入ると医者にいかなければならなかった。準備を整え、ガスコンロの火を使って純粋な蒸溜水《じょうりゅうすい》を作った。そしてホルマリンの原液とその蒸溜水が一対九の割合になるように混ぜ合わせ、それを熱で消毒した瓶の中に入れた。あの時の私の姿は、今考えれば異常を極めていた。コの字に固まった美紀の指をピンセットで摘《つま》んだ時、酷く悲しくなったことを覚えている。冷凍室の中に長時間入れていたせいで、それは褐色に変色し、大分縮んでいるように思えた。それをピンセットで摘んだまま、水で洗った。その時私は指がピクリと動いた気がし、微《かす》かな悲鳴を上げた。私はそれを、直接に手で触れることができなかった。水道の水を止め、指の水を切りたいと思ったが、そうすると指が崩れてしまうような気がし、水滴が一つ一つ落ちていくのをただぼんやりと眺めた。私はその間、何度か意識が遠のき、集中することが困難だった。指を瓶に入れて蓋《ふた》をしめた時、私の標本は完成した。指は微かに伸び、くの字になって固まった。瓶の底にそれがゆらゆらと沈んでいくのを見た時、私はまた不意に、どうしようもない空《むな》しさを感じた。「こんなことをして何になるんだ」そう思い、嗚咽《おえつ》が喉《のど》に込み上げた。が、私はそれから、やはり気を取り直すことを忘れてはいなかった。日光を避けること、極端な温度変化を避け、室温を涼しく保っておくこと、私には注意しなければならないことが、まだまだあった。私はそれを、ありがたいと思った。翌日に黒いカーテンを買いに行き、壊れていたエアコンを修理してもらったりした。

今では、もうこの瓶に対してあれこれと悩むことは少なくなった。自分を異常に感じることも少なくなり、時々不快感を感じることはあるが、私はこれと普通に接することができていた。その原因は、自分が指に慣れてきたためだと思う。一度慣れてしまえば、継続することは易《やさ》しかった。もうこれを手放す考えはないし、そして実際、自分のやったことを後悔することもなかった。その大きな理由の一つに、私が時折感じる、この指に対しての自分の大きな感情があった。時折、といっても今までに二回ほどだったが、この指を激しく求めたくなる瞬間があった。体調や気分によるのか、原因はよくわからないが、これを眺めている最中の、あるふとした瞬間、この指の中に美紀を感じることがあった。それは象徴としての美紀、というのではなく、美紀を連想する、というのとも違っていた。実際の美紀のすぐ側《そば》に自分が存在し、美紀を完全に自分の中に包み込んだような、しかもそれが半ば永久的に約束され、美紀と一体になったような、そういった激しい感覚だった。それはどうしようもないほどの陶酔であり、幸福だった。私はそういう時、涙さえ流した。実際の生死など、取るに足らないものであるような気がし、自分と美紀が何かから超越でもしたような、そんな感覚を全身で感じることができた。が、少しでも客観視すると、その感覚はすぐに消えた。消えた瞬間、いつも激しく後悔し、一瞬でも冷静になり、我に返った自分をよく呪《のろ》った。私を冷静にさせるのは、意識の奥に生まれる、微かな恐怖だった。夢中になっている自分を懸念《けねん》し、それに恐怖を感じる、そういった半ば自動的に起こる意識だった。自分が狂うことに対する微かな恐怖、あるいはそう言うことも可能かもしれないが、たとえ狂うことになったとしても、もう別に構わなかった。時間が経過すれば、いずれ、自分は微かな恐怖も感じなくなるだろうと思う。そうなれば、我に返る、その「我」というものも、今とは反対の方向へ返ることになるような、そんな気がした。むしろ、私はその狂う感覚に興味があった。美紀のいない生活は苦痛であり、殆ど意味をなさなかった。第二の美紀、第三の美紀を探そうと、考えたこともあった。が、それはやはりどうしても、私の興味を惹《ひ》かなかった。実際、他の女と寝ようと思い、無理やり意識をそう持っていったこともあった。が、私の性器は勃起《ぼっき》することなく、失敗した。勃起をしなかったのには、しかし確かな理由があった。女とセックスを試みている間、私の頭にはなぜか美紀の指がちらつき、腐敗した臭《にお》いまで嗅ぎ、集中することができなかったのだった。あれが何であったのか、私にはわからない。が、それはもう、今となっては、どうだっていいことなのかもしれない。

引き出しから瓶を取り出し、意図的に三十分ほど眺めた。眺めたというよりは凝視したに近いが、これを激しく求める「あの」感覚を体に感じることはできなかった。求めよう、求めようとはするのだが、それが意識的から無心になる瞬間は、そして私を大きく包むあの瞬間は、ついに訪れなかった。あれはやはり、そうそうできることではなかった。今日は、諦《あきら》めざるをえなかった。

6

ビートルズのCDを買うために、簡単に身仕度を整えた。本当はもっと早くそうするべきだったが、美紀の持っていたものにこだわったために、新しく買うのに抵抗があった。瓶をバッグに入れ部屋から出、近くの自動販売機で缶のコーヒーを買った。見慣れない白いワゴンをぼんやりと見ていた時、隣の住人がすぐ横を通り過ぎた。彼はやはり醜く、いつものように魚の臭いがした。私は改めて、美紀が彼の部屋に行かなくてよかったと思った。彼は私に一瞥《いちべつ》を返すと、足早に歩いていった。

　ＣＤショップに行き、美紀が持っていたビートルズのベスト盤を探した。私はどうしても、美紀の好きだった『レット・イット・ビー』が聞きたいような、そんな気がしていた。目的のものをレジに持っていった時、郁美が私を見つけ、近づいてきた。郁美はベイビーフェイスやレニー・クラヴィッツのＣＤを抱え「こんなところで会うなんて」と私に言った。私はその陳腐な言葉が気に入り、それに合うように「おお、そうだな」と笑顔で答えた。郁美は額に大きなガーゼをしていた。目を留めていると、バイト先でぶつけたのだと言って笑った。

「その赤いやつって、美紀が持ってなかったっけ。あの人、人の部屋に来てもそれかけるからさ、うんざりしたことあったんだよね」

「俺の部屋でもそうだったよ。まあ、一緒に住んでたんだけどな」

「でも、何で買うの？　美紀が持ってるじゃない」

「ああ、あいつ、アメリカに持って行っちゃったんだ。何か、聞きたくなってさ」

「ふうん。あの子、向こうでもまだそれ聞いてるんだ」

店を出て、私は煙草《たばこ》に火を点《つ》けた。吸っているうちに咳《せ》き込んだが、しかし本当に咳《せき》がしたかったわけではなかった。郁美は私に向かって吸い過ぎだよといい、少し笑った。

「そういえば、美紀は最近論文書いてるとか言ってたな。技術的なことだけじゃなくて、そういう学問的なこともやるんだな。英語で書かなきゃいけないから大変だよ。まあ、あいつならすぐできるか」

「でも、あの子いつの間にそんなすごくなったんだろうなあ、だって普通の子だったよ、ほんと。大学にも行ってないし、高校だって途中で辞めちゃったんでしょう？」

「学歴なんて関係ないよ。でも確かに、俺も驚いたなあ」

私は気分がよくなり、郁美を飲みに誘った。適当な居酒屋に入り、ビールを飲んだ。店は酔った客で溢《あふ》れ、雰囲気も悪かったが、別に構わなかった。メニューを上から書いてある順に頼み、テーブルの上はそのために狭くなった。郁美は少し訝《いぶか》しげな表情をし、こんなにいらないよ、と迷惑そうに言った。

「美紀の奴《やつ》、美容院で変なパーマかけられたらしくて、頭爆発してたよ。写真が送られてきたんだけどさ、今度見せるよ。英語で一番難しいのは美容院の時だって言ってたな。だって、日本でだって難しいだろ？　思った通りにしてもらうのはさ。それを英語で言わなきゃいけないいんだから。でも、アメリカ人にはうけてたみたいだな。ほんと、あの国は何考えてんのかわかんないよな、まあいいけどさ。マリナーズは今年残念だったって、あいつほんと悔しそうにしててさ、野球なんて見たことなかったくせに、もう野球ファンみたいな口きくんだよ。まあ、そこがあいつのいいところなのかもしれないけど。あ、そうそう、正月には一度帰って来るって言ってたよ。まだ随分先だけどなあ。多分、I LOVE NYとか、そんな服着てくるんじゃないかな。ニューヨークに住んでるわけじゃないのにさ。でも」

私の話している途中で、郁美が帰ろうと急《せ》かした。自分のいい気分に水を注《さ》されたような気がしたが、郁美は真剣な表情をし、急かし続けた。横には頭の禿《は》げ上がった男がいて、郁美に話し続けていた。彼は明らかに、酔っているようだった。私は急に面倒になった。

「だから、一緒だろ？　金は払うって言ってるんだから」

男はそう言い、気味悪く笑っていた。

「この前みたいにやってくれればいいんだよ。何も入れさせてくれなんて言ってねえだろ？　この前みたいにさ、してくれよ。あん時、すごくよかったんだよ、なあ、金は払うから、同じことじゃないか」

　郁美は顔に笑みを浮かべていたが、嫌がっているようだった。私はよくわからなかったが、取り敢えず勘定を払い、店を出ようとした。が、後ろから肩を摑《つか》まれ、歩くことができなかった。男は少しふらつきながら、しかし私に怒りを示していた。私はもう一度、面倒な気持ちになった。

「お前、彼氏だかなんだか知らんけどな。俺は今、ミキちゃんと話してるんだよ。聞いてるのか？　偉そうにしやがって、ヘルスの女じゃねえか。おい、お前の体のことなんか全部知ってるんだぞ、この淫乱《いんらん》」

　男はそう言うと笑い、郁美を愉快そうに眺めた。私はどちらでもよかったが、取り敢えず男を蹴《け》った。男が私の知っている美紀を侮辱したのではなく、多分郁美を誰かと勘違いしていることはわかったが、私は怒ってみたかったような、そんな感じだった。区切りのいいところまで男を蹴ろうとしたが、その区切りがどこなのか、よくわからなかった。私は適当な罵声《ばせい》を浴びせたが、することに困り、そのまま店を出るしかなかった。郁美は不思議そうに私の顔を見ていたが、やがて男の文句を言い始めた。あんな男なんて知らない、わけわからない、私は随分前にもうヘルス辞めたし、何言ってるのか全然わからない。彼女はそう繰り返していた。私は何でもよかったが、ジーンズがビールで濡《ぬ》れたために、酷《ひど》く冷たかった。

＊

郁美と別れ、部屋に帰るために電車に乗った。買ったCDを聞くのを楽しみにしようと、それに意識をもっていった。座席の所々は埋まっていたが、何とか隅に座ることができた。歌詞カードを広げたが、電車が揺れたせいか上手《うま》く読めなかった。私は瓶に意識を向けた。近頃指がまた少し変色したような気がし、不安だった。美しく褐色に染まっていた指は、近頃、より色を濃くし、その色相の進行は段々と、美しいと表現することを難しくしていた。それは私がまだ若干の客観性をもっている証拠であるのかもしれないが、その客観性は、私にとって、もう邪魔なものでしかなかった。私には、この指が必要だった。見境もなく、狂うほどに愛したかった。

バッグから瓶を取り出し、抱くように両手で握った。車内の冷房は強過ぎ、その急激な温度変化の指への影響が心配になった。指の変色を止めるには、持ち歩くべきではなかったのかもしれない。私は常にこれと共に行動すると決めたが、指のためにはならなかったのかもしれない。あるいは、私の標本の方法それ自体に、落度があるのだろうか。私は考えを巡らしながら、じっと瓶を握り続けた。

瓶が黒い袋に覆《おお》われていなかったことに気がついたのは、かなり時間が経《た》ってからだった。私は透明な、内容物をさらしている瓶を手に持ち、それを眺めていた。息が詰まり、鼓動が激しくなった。自分は一体、何をやっているのだろう。私は自分の不注意な行動に驚き、慌《あわ》ててそれを両手で隠した。自分の隣を素早く見たが、その男は眠っており、向かいの席にまばらに座っている数人の人間も、それぞれ何かの雑誌や、携帯電話を眺めていた。誰にも気づかれてはいないのか。微《かす》かに安堵《あんど》したが、まだ鼓動は激しく脈打っていた。私は不自然にならないように、周囲の人間を見た。彼らは、私があるいは瓶を持っていることには気づいていたが、その中身が何なのかわからず、また、知ろうとしなかったのかもしれない。そう思ったが、手の震えが治まらず、自然な態度を装《よそお》うのが難しかった。私はこれから瓶をバッグに、しかも誰にも見られないように入れなければならなかった。下に置いていたバッグを拾い上げ、自分の腹とそのバッグで瓶を挟むように抱えた。その状態から、タイミングを見計らって素早く瓶を中にしまう必要があった。隣の人間は目をつむりながら揺れ、向かいの人間達も、それぞれ自分の何かに没頭していた。私はバッグのチャックを開けようとしたが、その時、瓶が滑り落ち、鈍い音を立てて床に落ちた。電車が揺れ、瓶はそのままゆるやかに転がり、幾人もの足の横を通過していった。私は凍りついたように固まり、動くことができなかった。数人の人間がその音に気づき、転がっていく瓶をつまらなそうに目で追っていた。指は透明な液体の中で激しく移動し、自分が何であるのかをそうやって必死に隠しているような、そんな気がした。今のうちにあの瓶を拾い上げなければならない、そう思ったが、動く勇気がなかった。周囲の人間が誰一人私を見ないということは、彼らはこの瓶がどこから来たのかわかっていないのかもしれない。そう思うと、殆《ほとん》ど咄嗟《とっさ》に、両手で額を支え顔を覆うように、下を向いていた。その時、私は自分が寝た振りをし、知らない振りを装うつもりでいることを知った。心臓の鼓動が嫌になるほど高鳴り、血の気が引くように、額から汗が流れた。私は指の隙間《すきま》から、横目を使うように瓶の行く先を追った。転がっていた瓶が、携帯電話を眺めていた若い女の靴に当たった時、心臓に鈍い刺激を受けた。耐えられず目を背けようとしたが、私には、その勇気もなかった。瓶は動きを止め、同時に、その指も動きを止めた。女は携帯電話から自分の靴に当たったものへと視線を移し、目を大きく見開いた。手を口に当て、その表情から、彼女がこれが何であるのかを、完全に理解したことがわかった。その驚愕《きょうがく》した表情は、私を酷く傷つけた。その隣の人間も、その向かいの人間も、辺りの人間の全《すべ》ての視線が、瓶に注がれていた。奇妙な沈黙が起こり、その突き刺すような静寂は、全て私に注がれているような、そんな気がした。女は小さく悲鳴を上げ、爪先《つまさき》で瓶を蹴った。瓶は転がり、ドアに当たり、また転がり、またドアに当たった。車内がざわつき、誰もが互いに顔を見合わせ、席を立つものまで現れた。私はその間、寝た振りをすることに全力を注いでいた。汗が流れ、自分の歯がかたかたと響くのを聞いた。それから欠伸《あくび》をし、まるで今起きたのだという表情を顔に浮かべたが、私はもう、限界だった。何かに弾《はじ》かれたように席を立ち、空気を掻《か》き分けるように、その瓶を追いかけた。しゃがんで掴もうとしたが、電車が揺れ、瓶は私の手元からするすると移動した。私はそれを追いかけようと、四つんばいになり、手の平を床に何度かつけ、ようやく、それを掴んだ。しかしその掴んだ瞬間に、何の嬉《うれ》しさも、何の達成感も、感じることができなかった。私は這《は》いつくばっている自分の背中に、乗客の全ての視線を感じた。それは、彼らの興味が瓶から私に変わったような、そういう視線だった。私は彼らの視線と、そしていつの間にか窓から差し込んでいた太陽の光に、耐えられそうになかった。私は瓶を握りながら彼らを眺め、顔を引きつらせ、へらへらと笑った。それは相手に媚《こ》びるような、許しを請《こ》うような、そんな笑いだった。私はその時意識の隅で、笑う必要なんてない、と思っていた。そんなことをするより、自分は今すぐ違う車両に走るべきだ、と思っていた。が、その場から動くことが出来ず、このへらへらとした笑いを、やめることができなかった。彼らは私のその表情から、視線を逸《そ》らそうとしなかった。私は、「こんなものを捨てた人は、誰なんだろう」と、笑顔で顔を引きつらせながら、独り言のように言っていた。私はそれをやめることができなかった。私は一番近くにいた、あの爪先でこの瓶を蹴った女に対して、哀願するように、「こんなもの捨てたら、駄目ですよね」と繰り返していた。私は女が、私を彼女達の仲間であることを認めるように、「そうですよね」と言ってくれるのを待っていた。が、彼女は顔を引きつらせ、私を驚きのこもった表情で見ているだけだった。それは私に対して恐怖し、こちらに来ないでと、逆に哀願するような、そんな表情にも見えた。私は石のように固まり、ドアが開くのを、この電車がどこかに止まるのを、立ったまま、ひたすらに待った。私は自分のしていることがわからず、かといって、動くことも出来ず、そのまま、硬直したように立っていることしかできなかった。それはとても数分間という短いものには思えなかった。誰もが黙り込み、私を見ていた。私はそれを、無表情のまま、耐えることとしかできなかった。ドアが開いた時、駆け出すように電車から降り、全力で走った。どこの駅なのかはわからなかったが、人ごみに自分が紛れてしまうまで、ひたすらに走るしかなかった。何度も人にぶつかったが、私はそれどころではなかった。階段をかけ上がり、改札に切符を放り込んだ。その間中、瓶をバッグにしまうことを忘れていた。瓶を右手に握り、うろうろと、他人の目を気にしながら、駅と隣接する地下街を歩き回っていた。疲れて立ち止まったが、その時も、瓶を周囲の目から隠さなければならなかった。華やかに飾られた店に、金髪の男女が笑いながら入っていった。年を取った女が二人、何か文句を言いながらすぐ横を通り過ぎた。辺りは人間で溢れ、その誰もが、自分の生活というものに忠実に、行動していた。中年の男女がショウウィンドウの中の商品を見、疲れた表情のスーツの男が、どこかに向かってゆっくり歩いていた。その時私は、当たり前のことだが、ここにいる人間は誰も、こんな瓶など持ってはいないのだと思った。そして、これをさらけ出して持っている私は、この街のどのスペースにも、いることはできないような、そんな気がした。私は、瓶をバッグに入れることに気がつくまで、そうやって、辺りを茫然《ぼうぜん》と眺めた。

7

白い小皿から煙が上がっているのを見て、臭《にお》いの原因はこれだろうと思った。狭い部屋に充満したそれは鼻につき、ただでさえ気分の悪かった私を憂鬱《ゆううつ》にした。どうしてこんなものを焚《た》いているのかと聞くと、シンジさんは少し驚いたようにいい匂《にお》いじゃねえかと言い、その後で笑った。

「そういえば、この前恵美が来たよ。あいつ太ったなあ」

シンジさんはそう言うと一人で笑い、口の中から煙草の煙を吐いた。黒い大きなスピーカーからはよくわからない激しい音が流れ、すぐそばだったので酷くうるさかった。茶色く変色した壁に大きなタペストリーがあり、その中の人間が奇妙に体を歪《ゆが》ませながら、私をぼんやりと見つめていた。その隣には足を開いた裸の外人のポスターがあり、それも私を見つめていた。私は今日、いつものように瓶を持っていこうとしなかった。電車での出来事がそうさせたのかもしれないが、それを抜きにしても、この部屋に持ってくることには抵抗があった。シンジさんは髪の毛を短くし、無精髭《ひげ》があり、以前とは大分印象が変わっていた。

「あいつ突然来てよう、浮気でもしに来たのかと思って俺もたまってたからさあ、やろうかと思ったんだけど、そしたらすげえマジな顔して健治に女紹介したでしょう、って聞くんだ。突然何聞くんだって、色気ねえなって言ったらさ、火が点《つ》いたみてえに赤くなってわめき散らしやがった。むかつかねえ？　あいつ。意味わかんねえよ。マジ苛々《いらいら》したんだけど」

シンジさんはそう言い、また一人で笑った。いつか郁美がシンジさんは歯が抜けて気持ち悪いから嫌だと言っていたことがあったが、その気持ちは何となくわかるような気がした。

「金返してくれるって言うから来たんですけど。まあ、別に今じゃなくてもいいけど」

「ああ、そうだったな。ちょっと待ってろ」

シンジさんはそう言うと、一万円札を何枚か棚から取り出した。こんなに貸していないと私が言うと、シンジさんはまあいいよと言い、また笑った。

「大体よう、そんな女いたら俺がやってるっつーに。恵美がしつこいから俺、なだめるのに苦労したんだ、ほんとに。やろうとして無理やり服脱がそうとしたらまた火が点いたみてえにギャーギャーギャー騒ぎやがってさ。処女でもねえくせに。散々、蹴ってやったよ、俺も酔ってたしな。鼻から血出してさ、逃げやがった。顔蹴ってねえのに何で血なんか出たのか不思議だったよ。いや、蹴ったかなあ。わかんねえなあ。絨毯《じゅうたん》汚れるしよう、言っといてくれねえか、二度と来るなって」

シンジさんはよく喋《しゃべ》り、よく笑った。私は話を聞いているのが面倒になり、用事があるから帰ると言った。どんな用かと聞かれたので、今日中に新幹線で実家に帰らなければならないと答えた。が、シンジさんは私のことをしばらく見、どうせ嘘《うそ》だろこの嘘つきめ、と言った。

シンジさんは私の顔をにやにやと笑いながら見ていた。私は煙草《たばこ》に火を点け、何となく、その顔に煙を吹きかけようと思った。が、シンジさんはベッドから起き上がって台所に行き、ビールの缶を二つ持って戻ってきた。

「で、実は、お前に頼みがあるんだよ」シンジさんはそう言い、ビールの蓋《ふた》を開けた。「お前、郁美と仲いいだろ？　あいついい体してるよなあ。ああ、マジいい体してるよ。頭悪そうな女ってむかつくけど何かそそるんだよなあ、わかるだろう？　俺最初からあいつには目、つけてたんだよ。あいつさあ、俺がいくら誘っても全然乗ってこねえんだよ。彼氏に怒られるとか何とか言ってな。どうにかなんねえかなあって、思うんだけど。なあ、どうしたらいいかなあ」

　シンジさんはそう言い、また私の顔を笑いながら見始めた。

「お前さ、上手いこと言ってあいつのこと呼び出してくれねえか？　俺の部屋にあいつをさ。今みんなで飲んでるとか何とか言ってさ、呼び出してくれよ。あいつ、何でか知らねえけど、お前から誘われると絶対来るだろ？　大丈夫だよ、さっきまでみんないたんだけどとか俺も言うからさ。騙《だま》されたなんて思わねえよ。あいつが抵抗したって別にいいんだよ。そんなのはどうでもいいよ。無理やりやっちまえばいいんだから。無理やりってのもまた、これが中々いいんだよ。いやー、いやーってさ。たまんねえよな。なあ、頼むよ。俺最近暇でよう、大学ももう除籍だし、することねえんだ。はは、何だか想像してると立ってくるな」

シンジさんはそう言うとまた笑った。シンジさんの歯の抜けた顔は気持ち悪く、見ているだけで気分が悪くなったような気がした。私は嫌だと答えた。

「何言ってるんだよ」シンジさんは顔に笑みを残したままだったが、しかし大袈裟《おおげさ》に驚いた。「どうしたんだよ。お前ってそういうの、何とも思わない奴《やつ》じゃないか」

「何が？」

「だから、何とも思わねえだろって、お前はそういう嘘だって、平気でつける奴じゃねえか、そうだろう？」

シンジさんはまだ笑ったまま、しかし私の顔をじっと見ていた。が、私はどういうわけか、彼が私の瓶をじっと見ているような、そんな錯覚をさっきから感じていた。

「大体、お前を初めて見た時さ、気持ち悪い奴だなって思ったよ。何かいけすかないっていうかさ、とにかく、あんまり付き合いたくねえなって思ったんだよ。お前と話しててもさ、何だか変な感じになるんだよなあ。どう言うのかな、俺はほんとにこいつと話してるのかなってさ、そういう気分になる時あるんだよ。お前の言葉は何か全部、中身がないっていうか、うわべっていうかさ、そういう風に聞こえるんだよ。話の筋もすぐ逸《そ》れるし、かといって、俺が合わせようとするとまた元に戻るしさ。何だか突然嬉しそうに喋り出したかと思えば、途中から段々つまらなそうになっていくしな。俺はね、こいつは多分病気なんだろうなって、思ったよ。多分、言ってることも、嘘ばっかなんだろうなって。昔、お前によく似た奴と知り合いになったこともあってな、そいつがそうだったんだよ。まあ、お前の方が酷《ひど》いけどな。お前がからまれた時だってさ、ほら、変なガキがお前にからんできたことあっただろう？　駅前で。覚えてるか？　あん時だってさ、いきなり傘で顔面突く奴があるか？　びっくりしたもんなあ。でもあん時のお前はな、突然あんなことしたくせに、少しも、怒ってなかったんだよ。お前はそれからそいつを蹴《け》ってたんだけどさ、あ、ずっと蹴ってたんだけど、その時も、確かにお前は、少しも怒ってなかったよ。まるで怒ってる振りしてるっていうか、芝居してるっていうか、そんな風にしか見えなかったんだよ。でもどうしてだ？　だってそうだろう？　そんな振りをする必要がどこにある？　怒ってないなら、そんなことする必要なんてないじゃないか。そうだろう？　あん時は、でも俺だけにそう見えてたんじゃねえんだよ。健治だって言ってたからな、何か変だったって。でもな、俺がほんとに驚いたのは、お前が蹴ってるうちにさ、段々、本気で怒り始めたのを見た時だよ。俺はずっと見てたよ。さっきまでわざとらしかったのに、お前は段々本気で怒り始めて、そのうち、殺すんじゃないかってくらい、力入れ始めてさ。あの時、俺達が止めてなかったら、お前はあいつのこと殺してた気がするよ。俺はさ、ほんとに、わけがわからなかったよ。俺が何であんなことしたんだって聞いてもさ、お前は青白い顔して黙ってるだけなんだ。気味が悪かったよ。ああ、ほんとに、気味が悪かったよ」

シンジさんはそう言うと笑みを浮かべ、ビールを勧めた。私は不意に、もしも今瓶を持っていたなら、自分はそれを固く握りしめただろう、となぜか思った。

「女騙して車に乗っけた時だってさ、お前嘘ばっかり言ってたよな。確かに、ああいう時はみんな嘘つくよ。実際俺も嘘ばっかり言ってたし、仕事とか、趣味とか、相手に合わせて適当にでっち上げるのが普通だよ。でもな、お前の嘘は、ちょっと長いんだよ。必要じゃないことまで喋るし、しかもすらすらとさ、詰まることなく口から出てくるんだよ。あの時も俺横にいて、ちょっと気味が悪かったよ。しかも、俺が後からお前に『よくまあ、あんなに嘘つけるな』って言ったらさ、お前、一瞬不思議そうに俺の顔見るんだよ。何を言ってるのかわからないとでも言いたげに。

まるで『俺は嘘なんてついてましたっけ』って、俺に聞くような表情だったよ。あん時俺は、こいつ嘘ついてる自覚症状ないのかなって、思ったよ。もしかしたら、自分の言ったことを信じ込んでるのかもしれないってさ、そこまで思ったよ。俺、やっぱり気味悪くてさ、あん時それ以上聞くのやめたもん」

シンジさんはそう言うと、私のことをまた笑いながら見た。私は、もうこの表情は見飽きたな、と思った。シンジさんが何も喋らないので、自分が何かを喋る番だと思った。が、私の口からは、何の言葉も出ることがなかった。私は煙草に火を点け、黙ったまま吸うしかなかった。

「あれからね、俺はお前を信用しないことにしたよ。だって何考えてんのかわかんねえし、何が本心なのかもよくわからねえから。お前が何喋っても、どんな行動とっても、俺は信用しないことにしたんだ。大体、本心なんてあるのかよって、疑いたくなるくらいだからな。まあ、それはそれで、俺にとってはおもしろいんだけどな」

シンジさんはそう言うと吸っていた煙草の火を消し、それから私という人間について、熱心に説明した。シンジさんによれば、私は根本的な嘘つきで、中身がなく、思い込みの激しい狂人、ということだった。そう言った時に酷く笑ったので、私も笑った。私は新幹線の時間が近いともう一度言った。シンジさんは郁美のことをしつこく頼んでいたが、私は断った。

「何だよ、つまんねえな。多分明日聞いたらおもしろそうですねとか言うような気がするんだけどなあ。今日はタイミング悪かったか、まあいいや。あ、そうだ、お前、郁美のことやんねえならさっきの金返せよ。お前から借りた二万は返すから、それだけ持っていけ」

シンジさんはそう言うと、テーブルの上に置いたままになっていた紙幣を二枚だけ残し、ポケットにしまった。

「でもな、郁美の彼氏ってのはあれだろ？ 俺達と同じ大学のさ、経済の奴だろ？ あの髪長い変な奴。あいつよく彼女を殴ってるって、俺聞いたことあるからな、あいつの知り合いをちょっと知ってて、そいつから聞いたんだよ。彼女っていったらよ、郁美ってことだろう？ じゃあろくな奴じゃねえじゃねえか。俺とあんまり変わんねえ奴と一緒にいるんだから、俺をそんなに毛嫌いすることねえじゃねえか、そうだろう？ 郁美に電話くらい出ろって言っておいてくれよ。あいつ最近、無視しやがるんだ」

「まあ、帰ります。もう時間ぎりぎりですから。今から行かないと、最終のやつも微妙なんで」

「美紀って子と付き合って丸くなったのか？　いい身分だな。お前とその彼女はかなり仲がいいってみんな言うけどな、俺から見ると、怪しいよ。何かお前がそういう振りして喜んでるようにしか見えないもんな。まあどっちでもいいけど。でもな、俺はお前のこと好きだぜ、金持ってるしな。親が死んでるのにどうしてそんなに金持ちなんだよ。何かイメージ狂うよ」

私は一瞬立ち止まってシンジさんを見たが、それはわざとだった。別にそんなことをする必要はなかったが、少し非難を含んだ目をつくり、そのまま睨《にら》みつけた。

「怒るなよ。いや、怒ってねえか。お前がすぐに怒るなんて考えられねえしな。試しにそうやってるだけだろう？　気持ちわりい。まあ、そのうち意味不明に怒り出されても困るから、もう言わないけどさ。あんまり俺を相手にしないから、ちょっと嫌味言ってみたかっただけだよ。金持ちに引き取られたんだよな。お前は幸せもんだよ。俺の家なんて借金もあるし、貧乏もいいとこだぞ。今度聞かせてやるよ」

シンジさんの部屋から出ると、外はもう大分暗くなっていた。空気は涼しく、私が着ていた服では寒さを感じるほどだった。自動販売機を探して缶のコーヒーを買い、少しずつ飲んだ。殆《ほとん》ど何も考えてなかったが、シンジさんのニヤけた表情を思い出すと、気分が悪かった。携帯電話が鳴り、相手は郁美だった。郁美は色々と喋り、よく笑った。そしてこの前の酔っぱらいについて触れ、意味がわからないと腹を立てた。

8

部屋に戻ってしばらくすると、健治から電話があったので彼を誘って街に出た。バッグに瓶を入れて持ったが、それが黒い袋に入っているか確認することを忘れたため、バッグを開けないことに決めた。健治は何か相談があるような感じだったが、彼が何も言わなかったので、そのままにしておいた。頭がぼんやりとし、気分も悪かった。苛々《いらいら》としているのに、それが表に出るというよりは、気分が沈んだ。シンジさんに言われたことを気にしているのかもしれない。そう思ったが、考えるのが面倒だった。私は今の気分を、体調のせいにした。死んだ両親のことを思い出そうとしたが、しかしそんなことができるはずはなかった。小さかった私に彼らの記憶はないし、実際、写真すら持っていなかった。私の中にある彼らの記憶は、ただ死んだという事実だけだった。彼らの思い出を持たない私は、彼らのことを考えようがなかった。

意識を健治にもっていったが、彼は口数が少なく、よく沈んだ表情を見せた。そういう彼が時折うっとうしく見えたが、実際のところは、別にどうでもよかった。

「恵美さあ、胸でかいよなあ。あれはいいよ。今度やらせてくれって言っておいてくれないか？」私は煙草を歯でくわえながら、そう言っていた。

「は？　何言ってんだよ」

「何が？」

「だから、冗談だろ？　お前、大丈夫か？」

「ていうか、本気にするなよ」

私がそう言って笑ったので、健治も少し笑った。時刻はもう二時を回り、開いている居酒屋の数も大分少なくなっていた。駅の近くにさしかかった時、私は地面に座り込んでいる二人の女を見つけ、声をかけた。彼女達は既に酔い、私の言うことによく笑った。二人とも美しくなかったが、私は彼女達と飲みに行くことにし、そのまま歩き出した。健治は私に、どういうつもりなんだよ、と小さな声で言った。

私はその健治の質問に答えなければならなかった。

「お前、元気ないからさ。パーっと騒ごうと思ったんじゃねえか」

「ていうか、やばいよ。恵美から電話来ることになってるし、お前だって」

「大丈夫だよ、気にするな。どうだっていいじゃないか、俺も別にそんなことするつもりはなかったんだから。いや、違うな、そう、ばれねえよ、大丈夫だよ」

女達は酔っていたせいかテンションが高く、よく笑った。私は彼女達を喜ばせるように努力し、何かを色々と話していたが、別にそんなことがしたいわけではなかった。健治は元気がなく、あまり喋《しゃべ》らなかった。私は健治をうっとうしいと思うことにした。

私は横にいた女の肩に手を置いたが、彼女は抵抗する素振りを見せなかった。私は健治をちらりと見たが、それはわざとだった。健治の視線は、女の肩の上にある私の手に注がれているようだった。私がそうすれば、健治は私のことを訝《いぶか》しげに見るだろうと思ったが、やはりその通りだった。もう一人の女は健治の方に寄りかかろうとしていた。私は彼女に顔を近づけて話をしたが、彼女はくすくすと笑い、やはり抵抗しなかった。彼女の大きな口からは濃いアルコールの匂《にお》いがし、不快だったが、尚《なお》も顔を近づけて話した。私はそれからキスをし、そのまま舌を入れた。彼女はやはり、驚いているようだった。私から口を離し、駄目だよこんなところでと言ったが、私はやめなかった。そうしていると、抵抗しなくなり、そのまま目さえ閉じた。その表情はどこか滑稽《こっけい》で、私は噴き出しそうになった。私はもう一度、健治を見た。それも、わざとそうしたのだった。健治は驚いた表情を浮かべ、そのまま私の行為を見ていた。健治の隣の女は、それを見て笑っていた。私は女のシャツを捲《まく》り上げ、下着をずらし、乳首を吸った。その一連の行動に彼女は強く抵抗したが、私はやめようとしなかった。彼女が抵抗しているのを見ながら、途中、そりゃそうだ、と思った。女は、嫌だ、嫌だと繰り返し、もう笑ってはいなかった。私の性器は少しも勃起《ぼっき》していなかったが、それをやめようとせず、むしろ強く吸った。私の意識には、待ち構えていたように、さっきから瓶の中の指がちらついていた。それは以前、女とセックスを試みた時にも感じた、苛々とする、不快な感覚だった。まるで自分の吸っているのがこの女の乳首ではなく、あの指であるような、そんな気がするのだった。瓶はきちんと横のバッグに入っているというのに、私にはそう感じられてならなかった。私は敢《あ》えて抵抗するように、もう一度、強く吸った。が、やはり指のようにしか感じることができなかった。健治など見たくなかったが、わざと見ようとした。が、彼は立ち上がり、私の服を引っ張ると、私を部屋から連れ出した。私はその間、馬鹿《ばか》に見えるほどバッグを摑《つか》もうと焦《あせ》っていた。健治は勘定を全《すべ》て払い、バッグを抱えている私と共に建物からも出た。その間中、彼は私の服を引っ張り続けた。私はそれに抵抗することなく、しかられている子供のように、あるいは捕まった何かの犯罪者のように、おとなしくついていった。建物から出ると、健治は私のことを真剣に見、駐車場の手前で突然立ち止まった。

「お前、酔ってたんだろう？　でも、あれは駄目だよ。やり過ぎだ。もう帰ろう、俺はもう嫌だ」

健治はそう言うと、問いかけるような表情を私に向けた。

「俺、何も言わないし、うん。もちろん、美紀ちゃんにも言わないから、もう、ああいうことするなよ。美紀ちゃんだって、アメリカで頑張ってるんだろう？　ああいうのは、駄目だよ」

健治はそう言い、真剣に私を見ることをまだやめようとしなかった。私の口の中には、生臭い、腐ったような臭《にお》いが広がっていた。私は今の自分の気分を、どうにかしてよくする必要があった。

「ああ、美紀はがんばってるよ。この前だって、何かあいつの書いた論文がさ、大学の冊子に載ったって喜んでたよ。もう、難しいことも英語で書けるようになってるんだ。友達もたくさんいるし」

「そうだろう? じゃあ、お前もしっかりしなきゃ駄目だよ。美紀ちゃんに悪いだろ? それに、俺、お前と美紀ちゃんが一緒にいた時さ」

健治はそう言い、途中で一度咳《せき》をした。

「いいなあって、思ったよ。お前らほんと仲よかったしさ。美紀ちゃんもよく笑ってて、お前も俺らには絶対見せないような顔しててさ。俺も恵美がいたけど、何ていうか、お前らみたいなもんがさ、俺達にはなくて、何ていうか、羨《うらや》ましかったんだよ。マジでさ」

健治はそう言うと煙草《たばこ》に火を点《つ》け、つまらなそうに吸った。駐車してあった白いワゴンから男女が降り、彼らは私達と擦れ違う時に、訝しげな表情を見せた。私は遠くなっていく彼らを見ながら、なぜか頭がぼんやりとして困った。

「それにさ、美紀は成績もいいんだよ。一緒に受けてる日本人達よりさ、どうやらいいみたいなんだ。あいつははっきり言わなかったけど、すげえよな。ああ、マジですげえよ。サークルではさ、あいつテニスやってるんだ。知ってるだろう？　美紀がテニス上手《うま》いの。いや、知らなかったか？　あいつ上手いんだよ、指が長いからかなあ。ほんとにあいつの指は奇麗なんだよ。ああ、ほんとに奇麗なんだよ。上手くてかわいかったら、他に何がいるんだよ。子供みたいな顔してるのにさ」

「だから、だったらさ」

「でもな」私は健治を見ながらそう言い、一つの考えを浮かべていた。私は一瞬意識の隅で、やめることはできないか、と自分に問うた。さっきまでのアルコールで、体が少し熱かった。「恵美っていい体してるよ、マジで。胸でかいしなあ。ああ、いい体してるよ。お前さ、俺の部屋にあいつ、呼び出してくれよ。二人っきりになりたいんだよ。今みんなで飲んでるとか言ってさ、呼び出してくれよ。大丈夫だよ、騙《だま》されたとか思わないよ。別にあいつが抵抗したっていいんだ。いやー、いやーってさ。無理やりってのがまたいいんだ。何だか想像してると立ってくるなあ」

健治は喋っている私のことを茫然《ぼうぜん》と見ていた。私は自分から出てくる言葉を一つ一つ理解しようとしたが、上手くいかなかった。

「ていうかね、実際、やっちゃったんだよ。さっきシンジさんの部屋に行った時、恵美の奴《やつ》電話で呼び出してさ、二人でやっちゃったんだよ。あいつ白い服着てて、あのいつもの変なスカート穿《は》いてたよ。抵抗したけど、たまんなくて、やめられなかった。あはははは、でもすげえよかったよ。ああ。マジですげえよかったよ。恵美に言っておいてくれねえか、またやろうって」

私はそれから、おもしろくもないのに、むしろ憂鬱《ゆううつ》であるほどだったのに、腹を抱えるほど、気がふれたように笑っていた。私は、今の自分のしていることがいかに無意味であり、いかにくだらないことであるかを理解していた。こんなことをしてもおもしろくはないし、ただ誰もが嫌な気分になるだけだった。が、その笑いを止めることができなかった。むしろ、これがくだらないことであるから余計に止まらないような、そんな気さえした。私はまるで自分を罰しているかのように、その笑いを続けていた。私は何をしているのかわからず、自分が本当に気がふれたような気がし、一瞬、微《かす》かな恐怖に襲われた。が、そう思っている間も、何かに憑《つ》かれたように、やはりその笑いを止めることができなかった。「だからさ、聞いてるのか？　俺はさあ、だから恵美を」

私が喋っている途中で、健治は私を殴った。

「いい加減にしろよ、ふざけんじゃねえよ、この前あいつ顔に怪我《けが》してて、どうしたって聞いても言わねえし、何か普通じゃなくって、おい、お前、お前なあ……」

健治はそこまで叫ぶと、口を噤《つぐ》んだ。私は立ったまま健治を見ていたが、気がつくと頬に手を当てていた。私の手は自動的に動いたような、そんな感じだった。

「いや、違うな。お前とシンジさんがそんなことするわけねえな。おい、酔ってるんだろ？　なあ、酔ってるんだろ？　そうだよな。だってさっきも恵美、お前の様子が何か変だって、本気で心配してたからさ。そんなことがあったなら、あいつがお前のことを心配したりするはずがないもんな。そうだよな……、殴って、悪かったよ、でも、そう、お前が悪いんだぞ。変なこと、言うからだよ。でも、なあ、頼むから、その顔やめてくれよ。何でそんな顔してるんだよ、なあ、頼むよ、その嬉《うれ》しそうな顔、もうやめてくれよ」

健治はそう言い、私の顔を見続けていた。私はしかし、もう笑ってなどいなかった。ただ、頭がぼんやりとしているだけだった。意識が自分から遠く、健治も遠くにいるような、そんな感じだった。私は健治の目を見、その動いている唇を見た。

その時、意識の隅で、シンジさんが定義した私という人間像を、今の私はわざと演じているのかもしれない、という考えが浮かんだ。が、その考えが本当にそうなのか、証明する手立てはなかった。どうしてああいうことを言ったのか、私は考えたが、やはり自分が演技をしていたような気がしてならなかった。何かに強制されるように、駆り立てられるように、私の口からは言葉が流れ、それが自分にとって意味のないことであったとしても、私は何かの振りをしてみたくなった。それはまるで、私の体の中に染《し》み込んだ、ある種の傾向のように思えた。そしてこういう時、私はいつも陶酔したような感覚を覚えた。何かの演技をし、そういう自分を意識することには、自己陶酔のような、快楽があった。嘘《うそ》をつけばつくほど私はそれに陶酔し、それは時に自己を支配するほどに大きく、私は自分を見失った。私はさっきも実際に、酷い快楽を感じていた。やめたいという拒否の感情と共に、やはり酷い快楽をも同時に感じていた。だが、それは果たして、私の望んだことなのだろうか。やはりどうしても、自分が何かに強制されているような気がしてならなかった。体の中に染み込んだ今までの自分の傾向が、どんな時にも、ふと気がつくと、私にそう強いているのだった。私は何をしたいのかわからなくなり、それから黙った。何も言うことができなくなった。が、健治は喋ることをやめようとしなかった。

「お前、前からさ、何か、変な時あるよ。突拍子もないっていうかさ、特に美紀ちゃんがアメリカに行った頃から、何か酷いよ。なあ、上手く言えないけど、お前、何考えてんだよ、なあ、何がしたいんだ？　おい、何かあったのかよ、なあ、何か、あったのかよ」

　健治がそう言った時、得体の知れない衝動が不意に襲った。私は健治に近づき「黙れ」と叫び、彼の襟首を摑んでいた。「お前な、いちいちうるせえんだ。何なんだよ、一体、あ？　何なんだよって聞いてるんだよ。どうだっていいだろう？　お前は馬鹿なんだよ。お前はな、どうしようもなく、馬鹿なんだよ。嘘つき嘘つきってお前言うけどさ、じゃあ教えるよ。嘘はな、ついてる人間も傷つくとかっていうだろ、罪悪感とか、何だか知らねえけど、でも俺はそんなこと、考えたこともねえんだよ。いや、考えたこともあったのかもしれないけど、何百回ってやってると、感じなくなるんだ。俺は何だって言ってやるし、何だってやれるんだ。俺の中はぐちゃぐちゃなんだよ。めちゃくちゃなんだ。何が本心かだってわからなくなるくらいに。嘘ついてる時な、お前も試してみればいい、心の奥がさ、たまらなくうずくんだ。うずいてうずいて、たまらなくなる時だってある。ん？　何だよ、何が言いてえんだよ。おい、何か言ってみろよ、ん？　そうか、やっぱりお前、あの時この瓶、見てたんだな。この中身、やっぱりお前見てたんだろう？　そうか、なるほどな、でもな、いいか、何をしようが、俺の勝手じゃないか。美紀が死んだなんて、俺は認めない。絶対に、認めない。俺にそんなことが、通用するとでも思うか？　俺は、認めないんだ。ちくしょう、何だか、苛々するなあ、おい、苛々する、聞いてるのかよ、おい、苛々するんだよ。なあ、黙ってないで、何とか言ったらどうなんだよ」

私は殆ど自棄《やけ》になっていたが、途中から、わざとそう言っているような、そんな気もした。健治は私の顔を見ていたが、それは今までの健治が私に見せたことのないほどの、奇妙な表情だった。それはあの時の、タクシーの運転手の表情に、そして、白い服の男の表情に、電車の中の乗客達の表情に、よく似ていた。私はそれからどういうわけか、その場で泣いてしまいたいような、そんな感情に襲われ、息が詰まった。私は半ば反射的に健治に謝り、酔ってたんだ、と言った。美紀はアメリカで頑張ってるのに不謹慎だよな、とも言っていた。体の力が抜け、どうしようもなかった。私は、恵美には何もしていない、でもシンジさんには気をつけた方がいい、と呟《つぶや》くように言い、そのまま健治を置いて歩き出した。私には、歩き出すことしかできそうになかった。それから、瓶の入ったバッグを右手に抱え、酔っていることを示すため、途中でよろけた。

9

黒いカーテンをしめ、部屋の中で瓶を眺めた。

ここ数日殆《ほと》ど外に出ることなく、瓶と共に部屋で過ごした。私は瓶に助けを求めるように眼差《まなざ》しを向け、時折、わざと話しかけたりしていた。何を助けて欲しいのか自分でもわからなかったが、喧嘩《けんか》で負けた子供が母親に泣きつくように、瓶を求めようとし、抱くように持った。美紀の指は緩やかなカーブを保ち、瓶を揺らす度に浮いたり、沈んだりした。が、美紀の指には、それだけしかなかった。指は私に話しかけてくることもなければ、これが逆に、私を求めようとすることもなかった。私は風邪のため咳《せき》が酷《ひど》く、頭痛も激しかった。私は風邪を美紀にうつさないように、咳をする時には、瓶から顔を背けたりしていた。

私はこれは美紀なのだと、美紀そのものなのだと、何度か頭の中で繰り返した。美紀の指は大分その褐色の色合いを濃くし、断片的には白く色が抜け落ちていたが、長時間眺めていると、段々と愛らしい色だと思うこともできた。私はこの世界から消えていこうとした美紀の肉体を、そのＤＮＡを封じ込めたのだと、何度も自分に言い聞かせた。私が完全に美紀を求め、それに幸福を見出《みいだ》すことができていれば、電車の中でこの瓶を落とした時も、平然としていることができたはずだった。それは同時に私が完全に狂ったことを意味するのかもしれないが、しかしそれは私にとって、やはりどうでもよかった。幸福な狂人、そんなものが実際に存在するのかどうかわからないが、私には、狂人というのは一般的に幸福に見えた。美紀は私に、ずっと一緒にいてくれと言った。人間はこの世界に嫌というほどいるのだから、私一人が狂ったとしても、別に大した問題でもないように思えた。

頭痛のためか意識が薄れ、体も熱を帯び、ベッドの上に横になった。眠れば少しはよくなる気もしたが、中々眠ることができなかった。私はそれから、風邪薬を探した。以前、美紀が風邪をひいて寝込んだ時に買ったものが、どこかにあるはずだった。あの時私は、種類の違う風邪薬をたくさん買った。彼女が酷い風邪をひき、それに慌《あわ》てた男をどこかで演じてみたかったような、そんな感じだった。帰ってきた私と、その買い込んだ薬の量を見て、美紀は顔を崩して笑った。そして、薬屋の人に病状を話せばどれが一番効くか教えてくれるのにと言い、私の顔を見ながら、馬鹿《ばか》だなあ、と言った。美紀はそれからも、咳をしながら、中々笑うのをやめようとしなかった。あれは私が幸福を感じた瞬間だった。たとえそれが人工的なものだったとしても、私にとっては、あれは、他人に見劣りしない幸福の瞬間だった。

私は部屋中を探したが、中々見つからなかった。捨てた覚えもなかったし、誰かにあげてしまった覚えもなかった。なので薬は私の部屋に、しかも大量にあるはずだった。私はいつまでも探した。途中、何を探していたのかわからなくなるほど、部屋の中を動き回った。

薬を見つけたのは、夕方になってからだった。疲れたせいか熱が寒さになり、頭痛もかなり酷くなっていた。薬は、私の見たことのない小箱に入っていた。その厚い紙で造られた小さな箱には、あの時に買った多分全《すべ》ての薬と、私の保険証、そして病院の診察券がきちんと整頓《せいとん》されて入っていた。この箱は多分、美紀が作ったものだった。美紀が私が病気になった時のために、それらを一つにしてしまっていたのだった。そうであるから、私は自分が病気になった時、それらがどこにあるかを美紀に聞かなければならなかったのだ。唐突に死んだ美紀は、それを私に言うことができなかった。その小さな箱には「救急箱」という文字が手書きで書かれ、その横に渦を巻いた奇妙な太陽と、中央に赤い十字のマークまで描かれていた。これは美紀が描いたに違いなかった。それから数ヵ月先に死ぬことになる美紀が、そうとは知らずに、これを描いていたのだった。私はそれから、その小箱をぼんやりと見ていた。

薬はしかし、中々効かなかった。あの時美紀が飲んだもの、つまり唯一《ゆいいつ》箱が破られているものを飲んだが、頭痛が治まることはなく、寒気も引かなかった。あの時の美紀は、すぐによくなった。そして、私が買ってきた薬を笑いながら褒めていたのだ。私は頭痛を感じながら、自分が善人ではないからだ、と馬鹿な考えを浮かべていた。おかしくなり少し笑ったが、そうすると痛みが酷くなった。ベッドにうつ伏せになり、それから、仕方なく頭痛に耐え続けた。

自分の気分をよくするため、美紀のアメリカでの生活を思い描いた。美紀は多分、講義の教科書をバンドで止め、サングラスをしながら大学に入る。大学では背の高い男女が美紀を見て挨拶《あいさつ》し、美紀のことを子供みたいだなどと冗談を言ったりするだろう。私は、自分の気分がよくなっていくのを感じる。動いている美紀を想像すると、いつもいい気分になるのだった。一緒にいた頃の美紀は少しも英語を話せなかったが、もう難しいことも英語で話せるようになっている。美紀は国際電話で毎日私に電話をし、今日の一日を余すことなく話す。私はそれを聞きながら、美紀が喜ぶようなことを言い、美紀を励まし、元気づける。美紀は時々、あいつらしい失敗もするかもしれない。私は何度も、美紀にコーヒーをひっくり返された。アメリカ人は許してくれるだろうか。そういう裁判がアメリカであったことをいつか聞いたことがあった。私は心配になったが、多分、許してくれるだろう。美紀は休みになったら、日本に帰って来る。美紀はあるいは、日焼けでもしているかもしれない。そうしたら、私はまた、美紀を喜ばせることに努力しただろう。他のカップルがそうするように、私も流行《はや》りの映画をチェックし、新スポットに足を運んだだろう。私は典型さを求め、美紀もそれに喜んだはずだった。

外ではいつの間にか、激しい音を立てて雨が降っていた。私はそれを聞き窓を開けたが、なぜ開けたのか自分でもわからなかった。角度のあるそれは私の顔や腕を打ち、僅《わず》かな時間で濡《ぬ》れてしまった。雲は赤みを帯び、辺りはそのためか奇妙な明るさを保っていた。雷が鳴り、風に吹かれた大量の雨の水滴はそれぞれにまとまり、不規則なリズムで地面を打った。しばらくの間その光景を見ていたが、体が冷えてきたのでやめた。自分の行動の不可解さを笑い、またベッドの中に潜り込んだ。さっきの雨のせいで、ベッドの中に入っても寒さが治まらなかった。自分をもう一度笑おうと思ったが、どういうわけか、不意に悲しくもなった。煙草《たばこ》に火を点《つ》け、それから、天井に上がっていくその白い煙の筋を、ぼんやりと眺めた。

チャイムが鳴り、郁美が勝手に私の部屋に入ってきた。彼女はぼんやりとしている私の前で、すごい雨だとか、急だからびっくりしたとか、そんなことを繰り返していた。彼女は私の状態を見て、風邪なのか、と聞いた。私はなぜだかわからないが、それに対して首を横に振った。

「あんた電話しても出ないし、留守電にもならないしさ、健治君に聞いても曖昧《あいまい》な答えしか返ってこないし。ちょっと心配したんだけど、大丈夫？　どう見ても風邪引いてるね。美紀はアメリカにいるんだから、誰か呼びなさいよ。しゃあないなあ……、かなり面倒だけど、私が世話してあげるよ」

郁美はそう言って笑ったが、私は風邪を引いていないと、なぜかもう一度言った。が、郁美はそんな私を無視し、冷蔵庫を開けたり、湯を沸かしたり、好きなことをし始めた。

私は天井に上がっていく白い煙草の煙を、まだ眺めていた。親の葬儀の時、煙突から空に上がっていく白い煙を見ながら、隣にいた男が私に「お父さんとお母さんは、今天国に向かってるんだ」と言ったことを思い出した。そう言った男は得意気な表情をし、どこか満足そうだった。あの時の私には、しかしそんなことは信じられなかった。

短い悲鳴が聞こえ、私は郁美の方を振り返った。彼女は凍りついたように私の瓶を、その袋に入っていない、透明で剝《む》き出しの瓶を手に持ち、中身を凝視していた。私は驚き、何かを言わなければならない必要を感じたが、声が出ず、激しくなっていく自分の心臓の鼓動を、ただ聞いていることしかできなかった。郁美は私の瓶を床に放り投げ、汚いものでも触ったように、自分のスカートの生地に手を擦《こす》り付けていた。異様に驚いた表情で私を見、それから、床に転がった瓶に視線を移した。私は自分の秘密が完全にさらけ出されたことを知り、恐怖と、羞恥《しゅうち》に、自分の体の中が掻《か》き回され、その場にいることが困難だった。郁美は口を開けたまま、言葉を出せないでいた。私はそんな郁美の表情を見ながら、そこから何かの言葉が出るのを、ただ待っているしかなかった。郁美はそれから懸命に、やがて、押し出すように声を出した。

「何よ、あの気持ち悪い、イモ虫」

「え？」

「だから、何あのイモ虫みたいな幼虫、気持ち悪い、虫だよ、ねえ、虫、変な幼虫、何なのよ、ねえ、どうしてあんな気持ち悪いもの、あんた持ってるの」

郁美はそれから、それこそイモ虫を見るような目で、私の大切な指を、私が愛そうとした美紀の指を、蔑《さげす》むように見た。

10

その白いワゴンは、小さかった私にはとても大きく感じられた。実際にそうだったのかはわからないが、私の記憶でのそれは目が痛むほどに白く、美しく優雅だった。私は熱などで体が衰弱すると、よくその白いワゴンのことを思い出す。自然に浮かぶようでもあったが、多分意味もなく、故意に思い出すのだと思う。それの所有者は、人のよい男女だった。私の両親がいなくなった時に、私を最初に引き取った中年の夫婦だった。

この人のよい男女は、よく私のことを心配した。多分、私の口数が酷《ひど》く少なかったためだった。男女はよく日曜日になると、私をその白いワゴンに乗せて出かけた。私を楽しませようとしたのだと思うが、今考えてみると、私のもつ陰鬱《いんうつ》な空気が、彼らにそうさせていたような、そんな気もした。彼らは、しかしいつも私を後部座席ではなく、男の横の助手席に座らせた。そのおかげで、一度も疎外感《そがいかん》を感じたことはなかった。彼らが私を魚釣りに連れていった日のことを、よく覚えている。それを聞かされた時、初めての体験に自信がなく、始終緊張していたように思う。私はその時酷い風邪を引いていたのだが、それを彼らに隠していた。彼らが用意しようとする明るい時間を、彼らの好意を、台無しにするわけにはいかなかったし、それは、悪いことであると、思っていた。白いワゴンはどこかの上り坂を、永遠に感じるほど上り続けていた。途中、広い霊園の横を通った時、恐ろしさで体が震えた。四角い石が立ち並ぶその無機質な光景を、直視することができなかった。男はそんな私を見て「おばけなんて出てこないさ」と言って笑った。が、思うことがあってか、彼はそれから私に気を使うように黙ってしまった。女はその間、始終編み物をしていた。女は料理も上手《うま》かったが、編み物も上手かった。その時女が作っていたのは、後になってわかったことだが、私のための手袋だった。その手袋は、もう私の手元にない。どういう過程でなくしたのか、私はそのことも覚えていない。

川に着いた時、男は気を取り直すように、しかしまるで自分に言い聞かせるように、私に何かの冗談を言った。川は幅が広く、水中の様子が窺《うかが》えるほどに美しく澄んでいた。辺りには様々な色をした奇麗なテントがあり、来ていたのは大半が家族連れで、私はあの時、妙な違和感を覚えた。川の途中にはコンクリートの水門があり、そのあまりの巨大さに、自分の体が酷く小さく感じられた。私は、餌《えさ》のつけかたやリールを巻くタイミングなどを、男に教えられた。教えている男の手は大きく、表面がざらざらとし、微《かす》かに冷たかった。私は教えられた通りに熱心に試みたが、しかし一匹も釣ることができなかった。糸を魚が引く感触はわかるのだが、リールを巻いている途中でいつも逃がしてしまうのだ。あの時私は、男に申し訳ないような、そんな気持ちを抱いた。川は緩やかな流れで、他の釣り人は誰もが、多くの魚を釣り上げていたからだ。ちょうど向かいでは、小さな子供の釣り上げた魚を、後ろにいた背の高い男が網ですくおうとしていた。彼がもたもたしていたので、子供は「何やってるの、僕の魚が逃げちゃうよ」と、大きな声を出していた。あの時の言葉を、なぜだか今でも覚えている。私はその光景を眺めながら、まるでテレビみたいに典型的だ、と思っていた。そしてどういうわけか、その男と子供の動きを、羨望《せんぼう》ともいえる眼差《まなざ》しで見ていた。私はその典型さに憧《あこが》れ、可能であるなら、私も自分の後ろにいる男に、同じような、失礼とも言える言葉を言ってみたかった。が、私にそれができるはずがなかった。沈んだ気持ちになったが、男はそんな私の表情を見、自分の釣った魚を持たせてくれた。それはぬめりがあり、よく跳ねたが、その小さな驚きに気分がよくなっていくのを感じた。彼らがどう思っていたにしても、私はその日、楽しかった。大きな水門も、よく跳ねた魚も、私には新鮮であり、不満などなかった。が、男女が時折こちらを心配そうに見ていたことに、私は気がついていた。男は釣りが終わると、片付けをしようとしていた私の肩を両手で摑《つか》んだ。「いいか、よく聞くんだ」男はそう言い、私と顔を合わせるためにその場に屈《かが》んだ。男は太陽を背にし、顔は影となりはっきりと見えなかった。私は彼の顔を頭に描き出すことができない。私の覚えている唯一の彼の顔が、その時のものだからだ。私が覚えている彼の風貌《ふうぼう》は、肩幅が広く、大きな体をしていたということだけだった。「お前の気持ちはわかる。だけど、お父さんもお母さんも、もういないんだ。お前がよく言うように、どこかで生きているわけじゃない。お前は何も見ていないから実感していないのかもしれないが、私は彼等の亡骸《なきがら》だって見た。ちょっと酷くてな。お前には見せられなかったんだ。でも、本当に、死んだんだ。どこにも、もう、いないんだ。だから、それを受入れるんだ。辛《つら》いことだが」

　私はそのような言葉をぼんやりと聞いていたが、しかし彼が何を言っているのか、あの時はよくわからなかった。あの時、男をやめさせようと、横にいた女が彼の腕を引いたのを覚えている。が、男はやめなかった。男はそれから、慎重に言葉を選ぶように、言葉を続けた。

「いいか。私はお前に強い男になってもらいたい。だから、これを乗り越えるんだ。私達ももうすぐ、お前を手放さなければならん。約束を守れずにすまないと思っているが、仕方がないことなんだ。でも一つだけ、お前に言っておきたいことがある」

　男はそう言い、大きく息を吸った。

「確かに、不幸っていうのは、他人の同情をひく。お前が悲しんでいれば悲しんでいるだけ、人はお前にやさしくするんだ。でもな、人っていうのは、それが長く続くと、段々うっとうしさを感じたりもするんだ。そして、お前に悲しみを乗り越えるように、要求するようになる。勘違いしないでくれ、私達がお前をうっとうしく思っているんじゃない。世間には、そういう人間がいるということだ。私の言っていること、わかるか？　お前は親が死んだ子だ。それはこれから、様々な形でお前に不利に働くかもしれない。だからな、乗り越えられないなら、初めは振りだけでもいい。次の家に行ったら、それを乗り越えたように見せなさい。わかったか？　人がお前をうっとうしく思う前に、自分からそうするんだ。次のところは……、多分、そうした方がいいと思うんだ。本当にすまないが、もうお前を、置いておくことはできないんだ。そしてそれから、お前が箱にしまっていた、あの、親の爪《つめ》とか、髪の毛とか、ああいうものは、私が昨日捨てておいた」

「どうして？」私はその日初めて喋《しゃべ》り、そして、それがその日の最後の言葉だった。

「ああいうものを、持っていてはいけないんだ。ああいうものを、特に、次に行くところに、持っていってはいけない。お前の気持ちはわかるような気がするが、お前のためにも、ああいうものを持っていてはいけないんだ。形見なら、もっと他のものを選びなさい。わかったな。乗り越えられないなら、振りだけでもいい、なるべく快活に、元気に、まず、気に入られなさい」

あの時私は、太陽を睨《にら》みつけていた。太陽はちょうど水門の真上にあり、酷く明るく、私にその光を浴びせ続けていた。私はそれを、これ以上ないほど憎み、睨みつけていた。その美しい圧倒的な光は、私を惨《みじ》めに感じさせた。この光が、今の私の現状を浮き彫りにし、ここにこういう子供がいると、世界に公表しているような、そんな気がしたのだった。私はその光に照らし出されながら、自分を恥ずかしく思い、涙をこらえた。それは多分数秒のことだったが、あの時の私には、とても長く感じられた。男はそれから固く私を抱きしめ、しばらくすると離れた。男はそのまま私の元から歩き出したが、私は後を追うのを忘れ、ただ、そのまま太陽を睨んでいた。

男が言ったことは、しかし正しかった。男は最後に離れる時、辛くなったらすぐに電話をしろと言ったが、その必要はなかった。私はその先で受け入れられ、気に入られることに成功した。私は快活に生活しながら、時折、しかし本当は心の奥で悲しみをもっているのだと思わせるような、そんな印象さえ周囲に与えた。その作り上げた印象は、周囲から喜ばれた。私は男の言ったことに、時折感謝をした。あの頃の私は、爪や髪の毛などの陰鬱さよりも、周囲から得られる幸福を選んだ。あの時、私はそれを自分で選んだ。

＊

私は熱に浮かされた意識で二度咳《せき》をしたが、本当にそれをしたかったのか、自分でもよくわからなかった。郁美はもう帰っていたが、まだ部屋に誰かがいるような、そんな気がしていた。私は郁美に合わせて、それは確かに虫だけどただの模型で、知り合いの芸術の専門学校の人間が忘れていったのだと答えていた。携帯電話が鳴り、相手は健治だった。彼は様子を窺うように話し、謝るようなことを言ったが私にはどうでもよかった。私は電話の間中、酷く明るい声をわざとつくった。そしてその中で、幾つかの冗談も織り交ぜた。その中の一つは、自分でも噴き出してしまうほど、よくできた話だった。私は殆《ほとん》ど、一方的に話した。健治はそれから電話を切ったが、私はしばらくの間気がつかなかった。

11

アパートのドアを開けると外は寒く、冷気を含んだ夜の空気は今の私に少し堪《こた》えた。頭痛がし、時折両腕の関節が軋《きし》むように痛んだが、外に出るのをやめなかった。手の平で雨が降っていないことを確認した後、しばらく迷い、隣のドアを蹴《け》った。一度のつもりだったが、実際には三度蹴った。隣からは、しかし何の反応もなかった。中に彼がいることを知っていたのでしばらく待ったが、彼の声も、些細《ささい》な物音もそこからは聞こえなかった。私は彼が出てきた時に何をするのか決めていなかったが、やはり出てこないことを不満に思った。最後にもう一度蹴ったが、つまらなくなり、そのまま歩いた。

自動販売機で缶のコーヒーを買い、飲みながら歩いた。行きたい場所などなかったが、街に向かって歩いた。ここから徒歩で行ける繁華街は二つあったが、敢《あ》えて遠い方を選んだ。途中、自分の手にあるものが紅茶の缶であると知ったが、構わずに飲んだ。コーヒーでも紅茶でも、どちらでもよかった。煙草《たばこ》に火を点《つ》けたが、その時、もう自分のすることは全《すべ》て終わったような、そんな気がした。街に行く必要など、少しもなかった。会いたい人間も、行きたい場所も、思いつかなかった。紅茶を捨て、煙草だけを吸うことにした。ここ数日、殆ど部屋の中にいたので、あるいは私が外に出たのはその反動であったのかもしれなかった。目の前に白いワゴンがあり、それは所々が灰色に濁り、私の記憶の中のそれとは大分違っていた。私はそれをぼんやりと見たが、途中で、自分がわざとそうしていることに気がついた。私はやはり、頭が痛かった。今外にいる必要はないし、こうやって街に向かう必要もなかった。手にバッグを持ち、その中に瓶もしまい込んでいた。私は指の変色を防ぐために、それを持ち歩く行為を考え直そうとしていたはずだった。が、いつもの習慣のせいか、殆ど意識せず、持ってきてしまっていた。帰ろうかとも思ったが、面倒だったのでそのまま歩いた。が、これからどこかに行くことも、自分には面倒なことであるような気もした。

大きな交差点を、横断歩道に沿って歩いた。が、速度の速い自動車が、私の後方から急に曲がった。自動車は速度を緩めずに、そのまま私に近づいていた。運転手と目が合ったが、彼は私が避けると思ったのか、幾分の躊躇《ちゅうちょ》もなかった。私は何となく、その場で立ち止まった。多分、驚かそうと思ったのだった。自動車はブレーキの音を響かせながら、手前で止まろうと努力した。私はその間、自分とその自動車との距離が縮まっていくのを、ずっと確認し続けた。自動車は運がよかったのか、すぐ手前で止まった。その距離は多分、数センチくらいだった。運転手は眼鏡をかけ、スーツを着、どこにでもいるような男だった。彼は驚いたように私を見たが、どうやら、怒ってもいるようだった。彼はそれから、クラクションを私に向かって鳴らした。その音は辺りの殆どの人間が振り返るほど、大きなものだった。私はその音に、少し驚いた。信号は赤く変わったが、そこを動く気になれなかった。男はクラクションを鳴らし続け、どうにかして私をどけようとしているように見えた。そのクラクションの連なった音の連続は、激しく頭に響き、酷く不快だった。今もし拳銃《けんじゅう》でも持っていれば、この音をやめさせるために、彼を躊躇なく撃ち殺しただろうと思った。私がそれをするのに、この不快な音の連続だけで十分な理由になるように思えた。私は吸っていた煙草を、その自動車のボンネットに擦《こす》りつけ火を消そうとした。ボンネットが凹凸のない平面だったので、消し終わるのに時間がかかった。運転手が自動車から降りてくると思ったが、彼は降りる素振りを見せず、私をどうにか避けて無理なカーブで走り去った。それをぼんやりと見たが、自動車は戻る気配を見せず、姿を小さくしていった。私は少し引き返し、横断歩道の手前で信号を待った。

駅の近くまで来ると、辺りは大勢の人間で溢《あふ》れていた。それの一つ一つを見ようとしたが、面倒になってやめた。私はさっきから、どういうわけか、今あの大きな体の男が私の側《そば》にいたなら、彼は私の保管している指を以前のように、私に黙って捨ててくれるだろう、という考えを浮かべていた。それは私の意に反することだったが、頭からは、その考えが離れなかった。歩道の段差に座っている制服の女を見つけ、それに近づいた。女は携帯電話を持ちながら、笑い転げるように体を崩していた。私はその女と視線を合わせるために屈み、以前猫に対してそうしたように、その場で手を大きく二回打った。女はこちらを見たが、その表情が驚きに満ちていたので、少し不満だった。笑顔をつくり、飲みに誘ったが、彼女は言うことを聞こうとしなかった。私は冗談を繰り返し、笑わせようと努めたが、効果はなかった。私はそれから、女に声をかけて回った。私はどうしてそんなことをしているのかわからなかったが、何かの馬鹿《ばか》のように、しつこく、それを繰り返していた。その時どういうわけか、自分の今の行為は、指から逃れるための行為のような気がしてならなかった。私はわからなくなり、取り敢えず、一度部屋に戻ろうと思った。が、ちょうどその時、目の前にいた女が、私についてくる意思を笑いながら示した。彼女は少しも美しくなかった。私は反対に彼女に連れていかれるように、飲み屋に行き、酒を飲んだ。

女はなぜか自分の仕事や趣味などを、細かく話した。私は聞いていなかったが、よく笑い、相槌《あいづち》を打った。女は飲むというよりは、よく食べた。テーブルは、彼女が注文した品で溢れていた。私は笑っている彼女を見ながら、美紀のことを考えていた。どこか意識して考えたような気もしたが、よくわからなかった。私は唐突に、美紀に会いたいと思った。私は美紀と、色々な話がしたかった。が、私の頭には待ち構えていたかのように、液体に浮かんだ指と、その腐敗した臭《にお》いが、ちらついていた。

「ねえ、どうしたの？　ひょっとして酔った？」

声が聞こえたが、それは目の前の女の口から出たものだった。女は食べ物を口の中に入れながら喋ったので、その砕けた食料の固まりがよく見えた。女はこれおいしいよと言いながら、皿にのった揚げ物を箸《はし》で指した。何かの貝を揚げたその固まりは黄色く、黒く見える内容物を中に隠していた。私はそれが、ひくひくと動くのを見たような気がし、一瞬、気味が悪くなった。女はそれを箸で器用に挟み、私の見ている前で小皿に移した。女はその固まりを、どうやら私の口の中に入れようとしていた。私にはどうしても、それがひくひくと動いているように見えてならなかった。これはあの指ではないか、私はそう思い、その正体を見ようと目を凝らした。女は私に「あーんして」と繰り返した。「あーん」「あーん」女は言葉を繰り返し、私に迫った。固まりはひくひくと動き続け、女の箸から逃れるように、体を奇妙に動かしていた。一瞬、目の前の醜い女が、美しい美紀とだぶったような、そんな気がした。さては彼女には指が一つないのではないか、そう思ったが、確認する余裕がなかった。女はその固まりを私の口の中に押し込み、嚙《か》むように要求した。私は言われるままに、それを嚙んだ。私は嚙んでいるのに、女は足りないとでも言いたげに、「噛め」「噛め」と繰り返した。指は私の口の中に入っても、体を歪《ゆが》めながら抵抗し続けた。その表面の半ば腐った皮膚が、私の口の裏の皮膚や、逃げようとする舌の両面に触った。指はぐにゃりとして柔らかかったが、中心に骨があるような気がし、私はその感触を感じようとしながら歯を合わせて噛み、離してはまた噛んでいた。そうする度に、指の粘りのある体液が口の中に広がり、それは砕けた破片に絡《から》みつきながら臭いを放ち、意識が遠くなった。私は砕かれたものを、その中で、一つ一つ喉《のど》に押し込んだ。

驚いたのは、と私は思った。私自身が、意識はぼんやりとしていたが、これが錯覚であると、途中から気がついていることだった。その映像や感触はリアルだったが、それが疲れた私に起こったある種の幻覚であり、目の前にいるのは、さっき声をかけた女であることは間違いなかった。が、私はこの錯覚を、自ら進んで受け入れていた。そして元々、この錯覚自体も、私自身が自ら進んで呼び出したような、そんな気さえした。それはまるで、指から逃れようとする自分を戒めるような、痛めつけるような、そんな行為に感じられた。が、しかし、私は指から離れようとしていただろうか。私は指を求めようとしていたはずだった。ただ、私の中の何かが、私が指から逃げようとしていると判断し、その私を痛めつけようとしているような、そんな気もした。私は、無意識に指から逃げようとしていたのだろうか。が、一体それは、どういうことだろう。私はわからなくなった。ただ、一つだけ言えることは、私が指を捨ててしまえば、多分こんなことは起きないだろう、ということだった。しかし、そんなことは可能だろうか。いや、というより、私は捨てたいと思っているのだろうか。一度でも、その意思を自分の中に確認したことがあっただろうか。私は自分のその問いかけに、自分で答えることができなかった。いや、もし答えることができたとしても、何かの意思を、今ここで示すことができたとしても、それは果たして、信頼できる本当の私の意思なのだろうか、とも思った。私は改めて、指そのものに意識を向けた。この指の標本は、美紀の体から、私が作成したものだった。が、それは前から、美紀が死ぬ以前から、元々私の中に存在していたものであったような、そんな気がした。この中には、私が今まで選んでこなかったもの、私が蔑《ないがし》ろにした陰鬱《いんうつ》な世界が、入っているような気がした。私は今まで、その中に戻ろうとしていたのだろうか。よくわからなかったが、やはりそういう気がしてならなかった。私はしかし今、苦しかった。私はこれを捨てれば楽になるのだろうか。しかし、指を捨てたところで、戻ることをやめたところで、その先には、一体、何があるというのだろう。

女は私の表情を見て笑い、変な人だと繰り返した。私は女をぼんやりと見ていたが、途中からは、わざとそうしていた。私はバッグから瓶を取り出していた。

「あのさ、どうでもいいけど、やらせてくれない？　俺、たまってるんだよね」

「え？」

「最初からそれが目的だったんだよ、ていうか、当たり前だけどさ、そんなの。向こうに公衆トイレあっただろ？　あん中でいいからさ、やらせろよ」

私がそう言うと、女は笑うのをやめた。そして、本気で言ってるのかと私に言った。

「本気っていうか、別にお前とやりたいわけじゃないよ。誰でもいいんだ。ただ、やりたいんだよ。いいから早くしろよ。ほら、何だったら店のトイレでもいいからさ。やらせろよ。すぐに終わるよ。で、ほら、この瓶の中身、見てくれよ。これ何に見える？　なあ、これ、何に見える？　俺、狂ってるのかなあ。俺の友達なんてさ、虫みたいだなんて言うんだよ。酷《ひど》いよなあ。おい、お前はそんなこと言わないよな、何だっけ、そうだ、そう、やらせろって言ってたんだよな、そうそう、だから、早く」

私が話している途中で、女は逃げるように席を立っていた。辺りの客達がこちらを見、声を潜めて何かを話していた。私は声を上げて笑ったが、しかしそれはわざとそうしたのだった。笑いたくはないのだが、私はわざと、というより、何かに強制されるように、酷く笑った。瓶をバッグに戻し、店を出た。その間も、多くの人間が私の方を振り返っていた。私は瓶を邪険に扱った気がし、途中、割れていないかを確認した。が、それはしっかりと、そこにあった。まるで存在を誇示するかのように、それには、ひびの入った様子もなかった。

＊

外は激しい冷気を帯び、人が混み合っていた店の中とは温度が違い過ぎた。煙草を吸い、立ったまま自分の周囲を眺めた。まだ街には多くの人間が歩き、それぞれの方向に入り乱れ、見える顔も次々と代わっていった。無数にあるネオンの光が様々な言葉を様々な方法で表現し、それらは統一のない不均衡な光の衝突をつくりながら、街の全体を照らしていた。道路には自動車のライトが連鎖した光の帯をつくって伸び、それは激しく入り乱れるネオンの光とは別の起伏をつくっていた。私はしばらく眺め、煙草を何本か吸った。そして郁美のことを頭に思い浮かべ、携帯電話をポケットから取り出した。その動きに、しかし自分で動かしたような感覚はなかった。

コール音を聞きながら、まるで今の自分は郁美に助けでも求めているみたいだ、と思った。六回コールされた後、郁美は電話に出た。郁美はどうしたのと様子を窺《うかが》うような声で尋ね、しばらく黙り、私が話すのを待った。私がまだ眠っていないのかと聞くと、郁美は何だか眠れないから起きていたのだと答えた。今部屋に行ってもいいかと聞くと、郁美は少し黙ってから、え、あ、と短い声を出し、どうしたの？　と聞いた。郁美は少し動揺しているようだった。もう一度同じことを聞くと、郁美はまた少し黙ってから、やがて、うん、と小さく言い、でも散らかってるからと、どうでもいいことを言った。私はじゃあ今から行くよと郁美に告げ、電話を切った。電話が切れる少し前に郁美は何かを言ったが、私は聞いていなかった。駅の近くまで歩き、タクシーに乗った。タクシーは中々走り出さなかったが、それは運転手の男に行き先を告げていなかったからだった。運転手は私にどこに行くのかと、しつこく聞いた。私は郁美のマンションの方向を大まかに説明し、近くになったらまた言うと告げた。

12

ドアを開けた郁美は、まず始めに様子を窺うように私の顔を見た。白いボタンの付いたシャツに青いジーンズを着、指に吸いかけの煙草を挟んでいた。まだ片付けの途中なのだと言い、テーブルにのっていたカップや缶をキッチンへと運び始めた。コーヒーでいいかと聞かれ、私はいらないと答えた。

フローリングの床に丸いグレーの絨毯《じゅうたん》が敷かれ、その上に郁美が拭《ふ》いている丸いテーブルがあった。テーブルの色は黒で、拭いたせいか、蛍光灯の光を反射してよく光った。白い壁は所々が煙草の脂《やに》で濁り、多分映画女優だろう、金色の髪をした外国の女のポスターが貼《は》ってあった。その女は、どこか郁美に似ていた。服装の雰囲気や髪型などがそう思わせるのだろうと思った。女優に憧《あこが》れる郁美の姿は、私の想像になかった。小さな本棚には私の知らない漫画が並び、後は日本の小説が少しと、なぜか英語の辞書があった。縦に伸びたＣＤラックの横に水色にデザインされたミニコンポがあり、テレビ、花瓶、幾つかの小物、クローゼット、そして部屋の隅に白いシーツのベッドがあった。どうして眠れなかったのかと聞くと、郁美は床に落ちていたファッション雑誌を拾いながら、ちょっと考え事をしてたの、と小さく言った。私は頭がぼんやりとしていたが、しかしアルコールが残っているわけではなかった。郁美に意識を持っていき、その体を眺めた。郁美の体の下から上へと、自分の視線をわざと動かしたりした。

雑誌を本棚に押し入れようとした時、郁美は私に背を向けた。私は郁美に近づき、腕をその体に回した。郁美は一瞬体を震わせたが、しかし抵抗する素振りはなかった。私は郁美の胸を触り、首筋に舌を這《は》わせた。私はその動きを繰り返していたが、その間中、やはりあの指の映像が、口を開いて死んでいた美紀の顔が、頭から離れなかった。郁美はしばらく黙ったままだったが、やがて何も言おうとしない私に向かって、どういうつもりなの、と小さく言った。私はその時、気分がよくなっていくような、そんな気がした。どういうつもりなのというありきたりな言葉が、私をそういう気分にさせたのだろうと思った。が、その気分はすぐに消え、私の意識は指に向けられた。私の性器は、やはり少しも勃起《ぼっき》しなかった。私はしかし指を求めているはずだから、郁美に対してこんなことをする必要はなく、むしろおとなしく指を眺めていればいいはずだった。私は何がしたいのか、またわからなくなった。この幻覚というか、錯覚には、美紀に対する罪悪感のようなものもあるのだろうかと、私は考えた。美紀は口を開けて死んだというのに、その女を幸福にできなかった私が、この嘘《うそ》つきが、自分の生活を進める権利があるのだろうかというような、そういう感情だろうかと、考えた。少なくとも指だけを見ていれば、私は何かをしでかすことなく、自分の世界というか空間を、境界で囲うことができるはずだった。それは、私が誰にも迷惑をかけずに、生きることを意味する気がした。が、私はそんなことを気にするような人間ではなかった。私はむしろ、そういうことを気にする人間に、なるべきではなかった。それは善良な人間が持つことの出来る、そういう特権であるような気がした。

「我慢できないんだよ。こうさせて欲しいんだ」

私はいきなりそう言っていたが、しかしその言葉は昨日見たドラマの中で、俳優の男が言ったものだった。

「でも美紀は？　あんたには美紀がいるじゃない」

「何が？」

「だから、美紀はどうするのよ。あんたには、美紀がいるんでしょう？」

「俺は、お前が好きなんだよ」

「何言ってるのよ。あんた、美紀のことあんなに楽しそうに話すじゃない」

私はその時、以前郁美がセックスについて、乱暴にされるくらいがいい、と言っていたことを思い出した。私は別にその考えに従う必要はなかったが、力を込めて郁美をベッドの上に押し倒していた。シャツを破り、見えた白い肌を吸うように舐《な》め、力を込めて下着を剝《は》ぎ取った。が、その時酷い吐き気を感じ、動きを止めた。私はそれから石のように、そのまま、動くことができなかった。

＊＊

郁美は仰向《あおむ》けのまま、何かを考えるように黙っていた。郁美の視線の先を見たが、そこには天井で途切れる空間しかなかった。私は煙草《たばこ》に火を点《つ》け、大きく吸った。

自分の気持ちを落ち着けるようにそれを繰り返したが、灰皿にはまだ私の吸いかけが残っていた。

「ほんとに、もういいの？」郁美が私を見ないまま、小さな声でそう言った。

「何が？」

「だから、セックス。ほんとにしなくていいの？」

「ああ、ごめんな。何か、酔ってたんだ」

私がそう言うと、郁美は近くにあったTシャツに首を通した。何かを言おうと思い、しばらく考えたが、何も思いつかなかった。不意にさっき破ったシャツのことを謝っていたが、別にそんなことを言うつもりはなかった。郁美は私のことを見て少し笑い「別にいいよ。酔ってたんだから」と言った。郁美はそれから、また天井の辺りをぼんやりと見た。「美紀には内緒にしといてあげるから。たまってたの？何だか知らないけど、いい迷惑だよ。あんたがあのましてたら、私は抵抗するつもりだったんだから。美紀のこと好きなくせに、馬鹿《ばか》みたい」

郁美はそう言って笑ったが、それは無理に声を出したような、不自然なものだった。私は落ち着かず、さっきから不安だった。心臓が妙な速度で鼓動を打ち、頭には、美紀の姿が繰り返し浮かんでいた。寝返りをうち、その想像をやめようと努めた。が、美紀の姿は、私の頭に浮かび続けた。それは、新幹線に乗り込む時の美紀の姿だった。美紀は中身が殆《ほとん》ど入っていない、大袈裟《おおげさ》なグレーのトランクを持ち、髪を後ろで縛っていた。美紀はその旅行先で死んだ。あの時それを止めることができたのだと、私は思った。あの時、私は美紀と一緒にいたかったが、他の人間がよくそうするように、新幹線を見送るのも悪くない、と考えていた。美紀はあの時、三日で帰ってくるから見送るほどのことではないと、私を見て笑った。が、私はそれがしたくてならなかった。私は典型さに憧れた。あの時の私には、それから美紀が死ぬという想像すらなかった。私は言い様のない感情に襲われ、息が詰まった。私は美紀に死んで欲しくなかった。美紀が今いれば、私には違う人生があったし、それは美紀にとっても同じことだった。私は美紀を幸福にしたかった。私は美紀と、よくある平凡な生活を、そういった典型的な生活を、ただしたかった。私は指なんていらなかった。私は指なんかよりも、美紀そのものが、ただ欲しかった。

「卒業したらさ」私は郁美にそう言っていた。声が大きかったせいか、郁美は少し驚いたように私の顔を見た。私はそれからどういうわけか、涙が出そうになって困った。

「まず始めに、温泉にでも行こう。二人でのんびりさ、ほら、今までどこにも連れていったことなかったから。そして、その頃は俺もどこかに勤めることになってるはずだから、今よりも少しだけ大きなアパートを借りて、また一緒に暮らそう。お前、猫、好きだったよな。だから、動物を飼えるようなアパートを探すんだ。大丈夫だよ。俺ちゃんと働くし、お前は好きにのんびりしてればいいよ。休日になったら二人で流行《はや》りの映画を見て、どこかに食事に行ってさ、きっと楽しいよ。俺は多分出世とかしないタイプだけど、お前くらいは養っていけるよ。こつこつ貯《た》めれば、お前の留学だって援助できるかもしれない」

私は喋《しゃべ》ることをやめようとしなかった。私はいつまでも、このまま喋っていたかった。

「それから、そうだな、遊園地とか、夜景とか、水族館とか、行くところなら色々あるよ。その辺のカップルみたいだけど、でも、そういうのって、何かいいじゃないか。そう思わないか？　子供ができたらさ、白いワゴンを買うんだ。デジカメ買って、ビデオ買って、やることなら幾らでもあるよ。ほら、この前山の向こうにスキー場できたよな。今度そこに行こうか。俺滑ったことないけど、お前より上手《うま》いよ。うん、多分、お前より上手いよ」

　私はそこまで言い、息が途切れた。私はもっと喋りたかったが、郁美が私の方に顔を向けた。

「そんなことできたらいいけどさ……、でも、そういうことは、美紀に言いなよ。私に言うことじゃないよ。美紀にさ、ちゃんと言いなよ。あの子喜ぶよ。ガキみたいだもんね、ほんとに。あの子変わってるよ」

　郁美はそう言うとまた天井を見、少し笑った。

「ほら、占いの話でもさ、あの子よく言ってたじゃん。何だっけ……、そうだ、そう、昔、酷《ひど》いこと言われたって。寿命も短いし、幸せになるにはすごい努力がいるとかって。その占い師も酷いよね。私ならそんな占い師殴ってやるけどさ。でも、あの子、だからなるべく笑うようにしてるとかって言うんだよ。ほんと些細《ささい》なことでも笑うもんねえ、楽しそうに。ガキだよなあ。私、好きじゃないっていうか、嫉《しっ》妬《と》だったりしてね。最近そう思うよ」

「美紀が、そんなことを言ったのか？」

「え？　知らなかったの？　美紀の口癖のようなもんでしょう？　でもまあ、あの子も今は幸せそうだよね。占いなんて当たらないよ。留学は、あの子の夢だったから」

「美紀は……」私はそこまで言ったが、自分の声が酷く震えていることに気がついた。私は郁美の顔を見、それから、なぜか本棚の辺りを見た。私は突発的に、何かに許しを請《こ》いたいような、助けを求めるような、そんな感情に覆《おお》われた。私はさっきから、恐ろしくてならなかった。それはなぜか、美紀が死んだ時に感じた恐怖に、どこか似ていた。

「美紀は、死んだよ」

「え？」

「だから、美紀は、死んだんだ。俺は、ずっと嘘をついてたんだ。俺は、あいつを幸せに、できなかったからさ、だから、俺はあいつを、幸せにしようと思ったんだ」

私はそれから、ごそごそと、バッグの中から瓶を取り出した。

「ほら、これ、美紀の指なんだ。美紀の、左の、小指だよ。お前はイモ虫みたいだって言ったけど、これは、美紀の指なんだ。俺はさ、あいつが死んだことに、何ていうか、抵抗したかったんだよ。骨とか、物とか、そういうのじゃ足りなくて、何か、直接的な、美紀のものを、持っていたかったんだよ。馬鹿みたいだけどさ、ほんとに、馬鹿みたいだけど、でも、これが多分、ほんとの俺なんだよ。人からどう見られても、俺は真剣だったし、そう、人から、気持ち悪がられても、俺は真剣だったし、でも、俺は、こんなもの、いらないんだ。俺はこんなものよりも、本当は、美紀が、欲しかったんだ。他の女もいらないし、指もいらない。俺は美紀が欲しかったんだよ。もちろん、生きている美紀だよ。でもあいつは死んだんだ。もういねえんだよ。俺は遅かったんだ。なあ、聞いてるのか？　俺は、どうすればいいのかな。でも――」

私はそれから茫然《ぼうぜん》とし、話すことができなくなっていた。力が抜け、私は言い様のない虚脱感に、その体勢のまま、動くことができなかった。私は、今の自分が演技をしていたことに、気づいたのだった。私は自分が嘘をついているような、そんな気がしてならなかったのだった。私は涙を浮かべ、殆ど発作的に郁美に話していたのに、こうやって後から意識してみると、私にはどういうわけか、そう思われてならなかった。私にはこんな風に、感情にまかせてものを言った記憶があまりなかった。やはりこれは、私の演技であるのかもしれない。いや、きっと、そうに違いないのだろう。私は半ば唖然《あぜん》とし、そのまま放心したように郁美の顔を見ていた。

その時、玄関のチャイム音が鳴った。郁美は驚いたように私を見、それから、なぜか私を腕で制した。チャイムは続けて二回鳴り、いるんだろうという男の大きな声と、ドアを何かで叩《たた》く音まで聞こえた。郁美は起き上がり、歩き出そうとしてやめ、ベッドの横のオレンジのライトを消そうとし、なぜか酷く取り乱しているようだった。鍵《かぎ》がドアに差し込まれる音が聞こえ、開けるぞという声と同時に、ドアが開いた。私はその間、頭がぼんやりとしていた。美紀のことを考えたく思ったが、意識が途切れるせいか、上手くその姿を頭に思い浮かべることができなかった。部屋が突然明るくなり、私はその急な光が眩《まぶ》しく、目を細めた。私はその時、この自分を照らす光を酷く不快に思った。これが今の馬鹿な私を照らし出しているような、そんな気がした。部屋に入ってきた男はまず始めに郁美を見、それから、私を見た。私は彼を見ながら、多分これは郁美の彼氏だろうと思った。もっと貧弱な男を想像していたが、彼は背が高く、金色の髪をした、どこから見ても屈強な男だった。男はまず始めに、ふざけんじゃねえぞ、と叫んだ。そして、電話しても出ないし、部屋から少し明かり見えたし、おかしいと思ったんだと続けた。郁美はどこかをぼんやりと見ながら、何も言おうとしなかった。男は近くにあったテレビのリモコンを摑《つか》み、意味のわからない言葉を口にしながら、こちらに向かって投げた。リモコンは私の頭上を越え、大きな音を立てて壁に当たった。男は確かに怒り、体を小刻みに震わせてはいたが、私にはどうでもよかった。私は彼に、興味がなかった。煙草に火を点け、大きく吸ったが意識ははっきりとしなかった。男は何かを言い、こちらに向かって歩いていた。郁美は私に向かって何かを叫んだが、男に体を突き飛ばされていた。私は苦労して意識をそちらに向けた。男は郁美の髪を摑み、そのまま郁美の顔を床に打ちつけていた。「郁美、お前、隠れてヘルスやってるんだってな、知り合いに聞いたぞ、ふざけんじゃねえぞ」男はそう郁美に怒鳴っていた。「ミキって何だよ。お前、馬鹿じゃねえの。こいつ客か？　自分の部屋に呼んだりもするのかよ、この淫乱《いんらん》、おい、何か言えよ。ミキって何だよ」

　私は近くにあった花瓶を両手で摑み、男に向かって振り降ろした。花瓶は鈍い感触と共に割れ、辺りには破片が飛び散った。少なくとも、美紀を馬鹿にする権利は、この男にはなかった。美紀は淫乱ではなかったし、それにまだ、十七だった。美紀は黒い髪をしていたし、おかしい時にはこれ以上ないほど笑い、顔を崩した。男の頭からは血が流れていたが、その血液の量は、私の想像よりも足らなかった。砕けた花瓶をもう一度、男の頭に振り降ろした。私は突発的にそう行動していたのだが、しかし自分がわざと勘違いし、わざと怒っていることに気がついていた。男は頭から血を流し、私に向かって何かを呻《うめ》いた。それが「この野郎」であったのか「ちくしょう」だったのか、私は聞き取れなかったので、男に聞いた。が、男は何かを言う前に、私の足にしがみついてきた。少し驚いたが、しかしどうでもよかった。なるべく力を入れて男の顔を踏み、目の辺りに狙《ねら》いを定めて蹴《け》った。男は離れ、もがくように寝転んでいたが私は近づいた。私は別に近づく必要はなかったが、もがいている男にゆっくりと近づかなければならない、と思っていた。いや、というより、私にはこういう風に、わざと馬鹿な演技をする方が、似合っていると思った。私にはそういうのが、似合っているのだった。私は男の髪を摑み、わざと笑いながら、わざとその頭をテーブルにぶつけた。男の頭はおもしろいほどテーブルにぶつかり、その音の一つ一つが何かのリズムのように、私の頭に心地よく響いた。私はもっと力を込めようと、もっと大きな音を立てようと、懸命にそれを続けた。私は必死になった。私はそれに必死になりながら、途中、自分が何かを見失うような、そんな気がし、一瞬、微《かす》かな恐怖のようなものを感じた。が、私には、それが何であるのか、よくわからなかった。私は自分の中に鬱積《うっせき》していたものを、その両腕に込めた。それは私にとって、信じられないほどのエネルギーを含んでいた。私は上手く何かを考えられなかったが、何だか、この男が酷く憎かった。私はこの男が憎くて、憎くて、たまらなかった。私はこいつを痛めつけてやりたかった。私はこいつが憎くて、憎く……、いや、というより、この男がそもそも、美紀を殺したのがいけなかった。私は美紀を失った喪失感を、その恨みを、こいつにわからせ、ぶつけてやらなければならない。私は自分の中に陶酔を感じ、同時に、怒りが込み上げた。そして妙なことだが、その怒りは私にとって、限りなく心地好《ここちよ》いものだった。私はその沸き上がる怒りの中で、陶酔しながら、我を忘れた。こいつがトラックを運転していなければ、美紀は死なずに済んだのだった。こいつが私から、美紀を奪ったのだった。私は砕けた花瓶の破片で、男の頭部を切りつけた。破片は男の頭部の皮膚と、私の握っていた手のひらを同時に、鈍く切り裂いた。どういうわけか、私はその時痛みを感じなかった。男の頭から留めどなく流れてくる血液を見ると、私は自分の奥の何かが放出されていくような、そんな感覚を覚えた。私は怒りに身を震わせながら、男の頭を両手で摑み、何度も、何度も、しつこいくらい、テーブルにぶつけた。私はその間、『お前のせいだ』と声に出して繰り返していた。摑んでいた髪が血で滑るため、途中から、近くにあったアイロンを手に取り、それで男を殴った。男はテーブルの上に頭をのせたまま、うつ伏せになっていたが、私はその頭を狙って、必死になりながら何度もそれを繰り返した。『お前のせいだ』『何もかも、お前のせいだ』……。辺りは血液で濡《ぬ》れ、時折水滴となって私の顔や服に飛び散った。どれくらいそうしていたのかわからないが、気がつくと、私は途中から、まるで何かの義務のように、その行為を繰り返していた。が、それにはどこか、後には引けないといったような、そんな意識もあるような気がしたが、もう私には、よくわからなかった。アイロンを投げ捨て、倒れた男を蹴り、踏みつけ、さらに蹴った。床に転がった男の体はくの字に曲がり、何かの虫のようだった。蹴る度に足に痛みが走るため、柔らかい腹を蹴ることにした。足の甲で蹴ったり、爪先《つまさき》で蹴ったりしていたが、さっきから、男が動かないことに気がついていた。男は目を半分だけ開き、妙に深刻そうな表情で、鼻から不自然な量の血液を流していた。男は死んでいるのかもしれない、そう思ったが、私にはピンとこなかった。私は男を蹴りながら壁の時計を見、それから、さっきまで花瓶が乗っていた茶色い棚を見た。時刻は二時を過ぎていたが、それは私には、もう関係のないことのようにも思えた。男はさっきから、やはり動いていなかった。小さな胸騒ぎがし、それが私の皮膚を冷たくしているような、そんな気もした。私はまだ男を蹴っていた。蹴るのをやめるには、勇気がいった。『何をやっているんだ』と、私は思った。『こいつは郁美の彼氏じゃないか』私はそれらの言葉をすぐに打ち消そうとしたが、上手くいかなかった。ざわざわと、何かが、私に迫っているような気がした。壁に寄りかかった兎《うさぎ》のぬいぐるみや、倒れて動かない郁美や、ハンガーにかかった服や、さっきから光っている蛍光灯を、私は順番に見た。

気がつくと、私は足を止めていた。それは、何かの弾みで止めたような、そんな感じだった。驚き、早く蹴らなければならないと思ったが、どういうわけか、すぐに足は動かなかった。私はその場に立ち尽くしたまま、男を見下ろしていた。男は確かに、少しも動かなかった。男の鼻から出ていた血液は固まり、半分開いた目も、その視線を変えなかった。私はそれを確認したが、しかしその事実を飲み込むわけにはいかなかった。私はわざと首を傾《かし》げたり、ぶつぶつと呟《つぶや》いたりしながら、その時間を過ごした。そしてすることに困り、またぽつぽつと、今度は軽く、男を蹴り始めた。私の胸騒ぎは、次第に大きくなっていた。心臓の鼓動が、止めようとしても、段々と私の中で、大きくなっていた。男はやはり、少しも動こうとしない。私は男を蹴りながら、問いかけるように、『そんなわけないだろ？』と、顔に笑みを浮かべようとしながら、呟いていた。

私の頭にはさっきから、この部屋で、自分が警察に質問されている場面が浮かんでいた。私はそんな未来を否定したかったが、その場面は私の頭に根を降ろし、いつまでも消えなかった。なぜこの男を殺したのかと、警察は私にしつこく聞いていた。彼は疑問に満ちた表情で、そして、まるで汚いものでも見るような表情で、私の顔を見、その質問を繰り返していた。『美紀が死んだからだ』私は思わずそう呟いたが、彼がその答えに納得するはずがなかった。彼は、その奇妙に歪《ゆが》めた表情を、私に向け続けた。そして、どうしてだと、私にただひたすらに、繰り返すことをやめなかった。私は、それに答えることができなかった。いくら考えても、答えることができなかった。彼はそれから、部屋に転がっていた瓶も見つけ、同時に、そのことも、私に聞くことを忘れなかった。

私は、これから考えなければならなかった。この男を殺した理由を、私は今から、考えなければならなかった。意識が遠のき、それから、美紀との生活をわざと思い浮かべたり、それにわざと笑ったりしていた。何だか、面倒で仕方なかった。面倒で、面倒で、いや、何だかこれも、私には怪しく思えた。こう思っていることも、あるいは、私の演技であるのかもしれなかった。私はわからなくなった。何も考えたくなく、そのまま、その場に座り込んだ。それも演技のような気がしたが、その疑念が浮かぶ度に頭を振り、その頭を振ったことも演技に感じ、また頭を振った。私はそういうことを繰り返していた。それを繰り返す度に、死んだ美紀の歪んだ口や、目の前の男の半開きの目が、私を覆うように、事実として、迫った。私の頭は、亀裂《きれつ》でも入ったかのように、それから酷く、しつこく、痛み始めた。私はさっきから光っていた、頭上の蛍光灯のスイッチを切った。邪魔で邪魔で、仕方がなかったのだ。私はどこかに、逃げていきたかった。というより、私は最初から、存在など、するべきではなかったのだった。

それから私の頭には、美紀の指が浮かび続けた。自分は今ならあの指を、あの美紀の指を激しく求め、意識せず、無心に眺めることができるような、そんな気がした。何かがひっかかるような気がしたが、美紀の指のもたらしてくれる幸福感が、今の私を救ってくれるような、そんな気がした。大体、美紀がいないなど、不謹慎な話だった。美紀はちゃんと、あの瓶の中にいるのだ。私は美紀と一体になれるのだった。私は逃げていきたかった。狂う恐怖など感じることなく、無心になる幸福の中に、今なら入っていけるように思えた。いや、というより、私はもうすでにあの指を、眺めたくて、眺めたくて、仕方がなかった。暗闇《くらやみ》の中で、転がっている瓶を必死に探し、手に持った。それは美紀の体温を思わせるほどに優しく、暖かかった。瓶の蓋《ふた》を開け、美紀の指をその中から取り出した。暗くてよく見えないが、これはきっと、長くて奇麗な美紀の指に違いなかった。私はこれから、美紀とずっと一緒にいることができた。他のどんなことも、もう私には関係なかった。私は、自分に訪れた圧倒的な無関心を、快く受け入れた。私の感情は、もう美紀のことだけに開かれていた。美紀は私の全《すべ》てだった。私は決して、まだ遅くなどない。私は美紀を激しく求め、また、美紀も私を激しく求めていた。私にはそれがわかった。ここには、美紀がいるのだった。ここには、確かに、美紀がいるのだった。私は気持ちが落ち着き、優しい何かに包まれた。これはきっと、永遠に続くだろう。私は、以前美紀に対してふざけてよくそうやったように、微かに濡れたその美紀の指を、そのまま、口の中に含んだ。

あとがき

どうしようもない事柄、というものがある。いくら平和な国で生活しているとはいっても、乗り越えがたい苦しみは、確かに存在する。

苦しみから一定の距離を置くのではなく、その中に入り込んで何かを掴《つか》み、描き出そうとすること。僕が読んで救われた気分になったのは——たとえそれが悲しみにまみれた物語だったとしても——そういう小説だった。今では古典とも呼ばれるそういった数々の小説に出会った頃は、なかなか辛《つら》いことも多かったが、僕にとって貴重で、本当に大切な時期だった。

この小説がどこまで描き出せているか、僕にはわからない。だけど書き終えてしばらく時が経《た》った今でも、僕はこの小説に特別な思い入れがある。これからの僕にとっても、様々な意味で重要な小説になったと思っている。

この本に携わってくれた方々、そして読んでくれた全ての人達に感謝する。

二〇〇四年　五月十二日　　中村文則

文庫解説にかえて
『遮光』について

この小説は、僕の二作目の小説になる。

単行本として刊行されたのは二〇〇四年だけど、雑誌『新潮』に掲載されたのは二〇〇三年で、つまり僕が二十四歳から二十五歳にかけて書いた小説、ということになる。

デビュー作の『銃』とこの二作目の『遮光』は、なんというか、僕のやわらかい部分に属する。

僕の中から、原石の固まりのようなものが、そのまま出たような小説かもしれない。「何かを持ち歩く」ということも、この二作には共通している。そして二つとも、「読者に広く拡がる、大多数からの共感を呼ぶ小説」が全盛の現代において、極めて異質な（こんなことを言うと、お前の小説は全部そうじゃないかと声が聞こえてきそうだけど）作品だと思う。

何かを持ち歩く、という構図は、僕の内面から来ている。僕は小さい頃から、表面的には人生を「やり過すように」しながら、陰鬱《いんうつ》なものを周囲に隠して生きていた。その「陰鬱なもの」は、僕にとって、まさに持ち歩いている感触そのものだった。

自分の陰鬱さを嫌っていたかと言われれば、必ずしもそうではない。時にそれは自分に甘い感触をもたらし、時には恐怖し、時には友人のような親しみを覚えた。こんなことを堂々と言うのも変だけど、僕はこの「陰鬱」と共に生きているといっていい。それはもう、なんというか、どうしようもないことだった。

それが僕のデビュー作とこの二作目に出てきたのは、いわば自然なことだと思う。何の鎧《よろい》もなく、むき出しの、ある一つの負の精神が、こうやって小説として記されている。暗い小説ならば無数にあるけれど、このむき出しの感じは、そしてこの雰囲気は、もう現代の小説ではあまり見られないのではないかとも思う。この小説は、そういった負の精神を、判然とした形で現したものである。書くのには、確かに勇気がいった。そもそも、乗るつもりもないのにタクシーを停めてしまい、乗り込んで、「子供が生まれそうなのです」と嘘《うそ》をつく冒頭から始まる小説なんて、自分で言うのもなんだけど、そうはないと思う。

僕はデビュー作の『銃』とこの『遮光』を、とても大切に思っている。特に『遮光』の10章、太陽の場面は、僕の文学の中核をなすシーンだと思ったりしている。あの場面から色々なものが生まれている、と言ったら言い過ぎかもしれないけど、あの場面は僕にとっての中心で、同時にデリケートなところでもある。「郁美」と「美紀」の女性も、僕がよく書く女性の系統の、二つのタイプの原型であるように思う。

ラストがああいう風になったのは、今読み返すと、必然だったと感じる。主人公があの瓶と共に完全な世界に入るには、人生からも、完全に離れなければならなかった。ラストは熱を持って、振り切るように、小説自体の危うい均衡も明確に崩壊へ向かう。なぜあの男を殺さなければならなかったのかと、その理由を考えなければならなかった主人公の精神を思うと、暗黒だが、それを経なければ、主人公は瓶と共にいる世界に行くことができなかった。彼は虚言癖の青年だが、美紀への想《おも》いだけは、嘘をつくことができなかったといえる。美紀の死を乗り越え、健全な方向へと、皆から尊敬されるような方向へと、歩むことができなかった。彼は既に幼少で死を経験した人間であり、人が死ぬというどうしようもない絶望を、認めることができなかった。これは世界の成り立ちの不条理に対して、勝てる見込みのない抵抗を試みた、一人の虚言癖の青年の記録ということである。

『遮光』というタイトルは、この小説をよく体現しているかもしれない。当時は迷いに迷ってつけたタイトルだったけど、今さらながらそう思う。

この度久しぶりに自分の小説を色々と読み返してみて、趣くままに書いていたと思っていた自分の小説達の系譜が、何だかきっちり分類できることに気がついた。あまりこういう機会もないので少し書くと、『銃』から『土の中の子供』はデビュー四部作と呼びたくなるほど作品のかもし出す雰囲気が近く、その後そこから飛躍しようとして『最後の命』を書き、書き終えた時に「私」という一人称ではもうこれ以上の小説は書けないと思い、三十代に入ったのを機に長編の一人称を「僕」に変え、『何もかも憂鬱な夜に』を書いた。そして『掏摸《スリ》』以降のステージに入って現在に至るのだが、よく『掏摸《スリ》』から中村は変わったと言われるのだけど、僕の実感ではあまりそういう気はなく、多分変わったといえるのは長編の一人称の呼び名を変えた（この変化は、作家にとって大きいのである）『何もかも憂鬱な夜に』からだろうと思う。

そして、ほとんど全ての作品に、デビュー作の『銃』と、この『遮光』のテイストが入っている。たとえばこの『遮光』と『悪と仮面のルール』を比較すれば、小説の雰囲気も文体も全く異なるのだけど、奥の奥の、さらに奥には、共通のものが流れていることに気づかされた。

僕の作家としての時間は、本当にデビュー作と『遮光』によって始まったのだと、改めて思った次第である。

暗い小説であるし、なかなか癖もあるので、あまりこういう小説を読んだことのない方は、驚かれたかもしれない。受け付けなかった人には、小説というものが平均化されていく現代において、こういう小説もまああるのだと認識してくだされればと、作者としては願うしかない。この小説の全体からでも、たとえ一部からでも、皆さんが何かを感じてくれたら、これ以上の喜びはない。

読んでくれた、全ての人達に感謝する。僕はずっと、熱心な読者の方達に支えられてきた。本当にありがとう。

二〇一〇年　十二月一日　　中村文則

この作品は平成十六年六月新潮社より刊行された。

中村文則著
土の中の子供
芥川賞受賞

親から捨てられ、殴る蹴るの暴行を受け続けた少年。彼の脳裏には土に埋められた記憶が焼き付いていた。新世代の芥川賞受賞作！

中村文則著
悪意の手記

いつまでもこの腕に絡みつく人を殺した感触。人はなぜ人を殺してはいけないのか。若き芥川賞・大江賞受賞作家が挑む衝撃の問題作。

西村賢太著
暗渠の宿
野間文芸新人賞受賞

この女はもっと私に従順であるべきだと思う。粘着質な妄念と師清造への義。破滅のふちで喘ぐ男の内面を異様な迫力で描く新私小説。

西村賢太著
廃疾かかえて

同棲相手に難癖をつけ、ＤＶを重ねる寄食男の止みがたい宿痾。敗残意識と狂的な自己愛渦巻く男貫多の内面の地獄を描く新・私小説。

西村賢太著
苦役列車
芥川賞受賞

やり場ない劣等感と怒りを抱えたどん底の人生に、出口はあるか？　伝統的私小説の逆襲を遂げた芥川賞受賞作。解説・石原慎太郎

田中慎弥著
切れた鎖
三島由紀夫賞・川端康成文学賞受賞

海峡からの流れ者が興した宗教が汚す、旧家の栄光。因習息づく共同体の崩壊を描き、格差社会の片隅から世界を揺さぶる新文学。

新潮文庫最新刊

畠中恵著
けさくしゃ
命が脅かされても、書くことは止められぬ。それが戯作者の性分なのだ。実在した江戸の流行作家を描いた時代ミステリーの新機軸。

伊坂幸太郎著
あるキング
―完全版―
本当の「天才」が現れたとき、人は〝それ〟をどう受け取るのか――。一人の超人的野球選手を通じて描かれる、運命の寓話。

恩田陸著
私と踊って
孤独だけど、独りじゃないわ――稀代の舞踏家をモチーフにした表題作ほかミステリ、SF、ホラーなど味わい異なる珠玉の十九編。

高井有一著
この国の空
谷崎潤一郎賞受賞
戦争末期の東京。十九歳の里子は空襲に怯えながらも、隣人の市毛に惹かれてゆく。戦時下で生きる若い女性の青春を描く傑作長編。

平山瑞穂著
遠すぎた輝き、今ここを照らす光
たとえ思い描いていた理想の姿と違っていても、今の自分も愛おしい。逃げたくなる自分の背中をそっと押してくれる、優しい物語。

池内紀
川本三郎
松田哲夫編
日本文学100年の名作
第9巻
1994-2003 アイロンのある風景
新潮文庫創刊一〇〇年記念第9弾。吉村昭、浅田次郎、村上春樹、川上弘美に吉本ばなな――。読後の興奮収まらぬ、三編者の厳選16編。

遮《しゃ》光《こう》

新潮文庫　な－56－3

平成二十三年一月一日発行
平成二十七年四月三十日六刷

著者　中《なか》村《むら》文《ふみ》則《のり》
発行者　佐藤隆信
発行所　株式会社新潮社

郵便番号　一六二―八七一一
東京都新宿区矢来町七一
電話 編集部(〇三)三二六六―五四四〇
　　 読者係(〇三)三二六六―五一一一
http://www.shinchosha.co.jp

価格はカバーに表示してあります。

乱丁・落丁本は、ご面倒ですが小社読者係宛ご送付ください。送料小社負担にてお取替えいたします。

印刷・大日本印刷株式会社　製本・憲専堂製本株式会社

ISBN978-4-10-128953-3 C0193